U0154848

STS

山田社

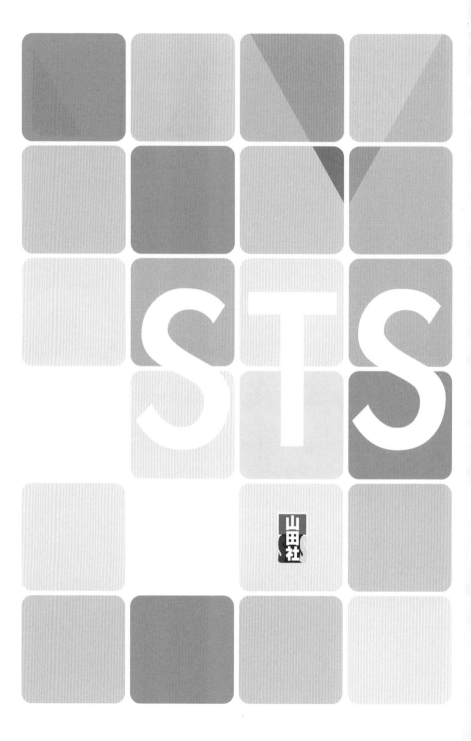

STS

山田社

4

全新解題 精修 關鍵句版

絕對合格
日檢必背閱讀

沈浸式
聽讀
雙冠王！

線上音檔
QR Code

N4

新制對應！

吉松由美・田中陽子・林勝田 ◎合著

前言
preface

《精修關鍵句版 新制對應 絕對合格！日檢必背閱讀 N4》
隆重推出朗讀版＋經過解題精闢的重寫＋巧妙以常見關鍵句
我們精心打造了這本書，以其獨特而深入的解析，
不僅提供答案，更重要的是，它教會您如何思考！
確保您在日檢 N4 的征途上無往不利。
專業錄音，隨掃隨聽，帶來閱讀和聽力的雙翼飛躍！
搭配權威專家的解題洞察，這本書不僅提升您的語言技能，
更是您邁向成功的不二選擇。

成為攻克日檢 N4，無懈可擊的秘密武器。
立即體驗，讓您的學習之路，
如鷹揚天際，勢不可擋！

閱讀成績在日檢中佔有 1/3 的重要比例，是最高性價比的投資；
在生活中無處不在，從傳單、信件、報名課程到日常應用，是語言實戰中不可或缺的技能。

閱讀將成為您在日檢戰場的終極武器，為您在日語世界中的探索解鎖！

本書為閱讀成績老是差強人意的您量身打造，開啟日檢閱讀心法，只要找對方法，就能改變結果！一舉過關斬將，得高分！

成績老不盡人意嗎？本書專為提升閱讀成績而設計，
打開日檢閱讀的秘密通道，只要掌握技巧，成績逆轉勝就在眼前！
考試中如猛虎下山，一舉攻克所有難題，直達高分終點。

事半功倍，啟動最強懶人學習模式：
★「題型分類」密集特訓，挑戰日檢每一關卡，無敵突破！
★ 左右頁「中日對照」解析，開啟高效解題新紀元！
★ 全方位加油站，涵蓋同級單字文法的詳解攻略 ✕ 小知識及會話大補帖！
★「常用關鍵句＋關鍵字延伸」，學霸的高分筆記大公開！
★「專業日文朗讀」把聲音帶著走，打造閱讀與聽力的雙重練功房！
★「智慧解題」的大挑戰：洞察題意，秒破長篇難題！
★ 錯選之處，致命陷阱一一揭示。最佳策略展現，解題秘技無所不包。

為什麼每次日檢閱讀考試都像黑洞般吸走所有時間？

為什麼即使背熟了單字和文法，閱讀考試還是一頭霧水？

為什麼始終找不到那本完美的閱讀教材？

如果您也有這些困惑，放心了！

《沉浸式聽讀雙冠王 精修關鍵句版 新制對應 絕對合格！日檢必背閱讀 N4》是您的學習救星！由日籍頂尖金牌教師精心打造，獲百萬考生熱烈推薦，並成為眾多學府的指定教材。不管距離考試有多久，這本書將為您全方位升級日檢實力，讓您從此告別準備不足的焦慮，時間緊迫的壓力！

本書【5大必背】提供的策略，讓任何考題都不在話下！

命中考點： 名師傳授，精準擊中考試關鍵，一次考到理想分數

深諳出題秘密的老師，長年在日追蹤日檢趨勢，內容完整涵蓋「理解內容（短文）」、「理解內容（中文）」、「釐整資訊」3大題型。從考點到出題模式，完美符合新制考試要求。透過練習各種「經過包裝」的題目，培養「透視題意的能力」，掌握公式、定理和脈絡，直達日檢成功之路。

徹底鎖定考試核心，不走冤枉路，準備日檢閱讀變得精準高效，合格不再依賴運氣！

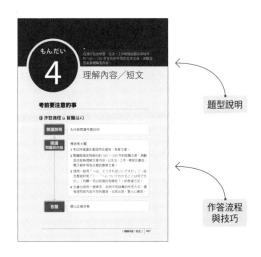

題型說明

作答流程與技巧

② 學霸解題秘籍：一點就通，您的私人教師幫您迎戰自學之路

是您自學路上的強大盟友。遠離了單打獨鬥的孤獨，本書將成為您的私人教師，以其深入的每題分析，揭開不僅僅是答案背後的故事，還有那些錯誤選項的致命陷阱，以及如何巧妙避開它們的策略。透過我們精心設計的步驟，您將能夠一一克服學習中遇到的每一個挑戰。

這本書不僅提供答案，更重要的是，它教會您如何思考。通過詳盡的解析和策略指導，您將學會如何自行解決問題，提高解題效率和準確率。無論您是在準備考試，還是希望在學習上達到新的高度。

為了精益求精，我們精心挑選 N4「必背重點單字和文法」，「單字 × 文法 × 解題戰術」極速提升回答速度，3 倍強化應考力量！最短時間內衝刺，奪得優異成績單！

③ 滋補增智：小知識萬花筒＋萬用句小專欄，樂學貼近道地日語

閱讀文章後的「小知識大補帖」，選取接近 N4 程度的各類話題，延伸單字、文法、生活及文化背景。多元豐富的內容，讓您在感嘆中親近日本文化，不知不覺深入日語核心。閱讀測驗像閱讀雜誌一般有趣，實力自然激增！

「萬用句會話小專欄」提供日本人日常生活中常用的字句，無論是校園生活或是從早到晚的生活會話，都能靈活運用。讓您不只閱讀能力激升，生活應用力也跟著飆高！嚴肅考題後，一劑繽紛趣味補充劑調節學習節奏，突破瓶頸，直達日檢高峰。

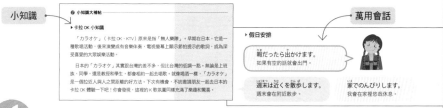

❼ 小知識大補帖

▶ 卡拉 OK 小知識

「カラオケ」（卡拉 OK、KTV）原來是指「無人樂隊」。早期在日本，它是一種歌唱活動，伴奏演變成有音樂伴奏，電視螢幕上顯示節拍提示的歌詞，成為深受喜愛的大眾娛樂活動。

日本的「カラオケ」其實跟台灣的差不多，只是台灣的低調一點。無論是上班族、同學，還是教授和學生，都會相約一起去唱歌，就像喝酒一樣，「カラオケ」是一個拉近人與人之間距離的好方法。下次有機會，不妨邀請朋友一起去日本的卡拉 OK 體驗一下吧！你會發現，這裡的 K 歌氛圍同樣充滿了樂趣和驚喜。

▶ 假日安排

暇だったら出かけます。
如果有空的話就會出門。

週末は近くを散歩します。
週末會在附近散步。

家でのんびりします。
我會在家裡放鬆休息。

④ 答題神器：常用關鍵句＋同級關鍵字，打造日檢閱讀精華大全

閱讀測驗的勝利秘笈在這裡！我們搜羅了 N4 閱讀中的精髓句型，利用關鍵字技巧將其分類，直擊核心資訊。利用聯想法，一氣呵成攻克相關句型。考場上從此鎮定自若，答題如魚得水！

單字量也是得分關鍵，我們整理了考試相關的同級關鍵詞字，讓您無需再翻字典，輕鬆建立豐富詞庫。學得輕鬆，記得牢固，應用自如。這兩大絕招將助您迅速成為日檢黑馬，大展身手。

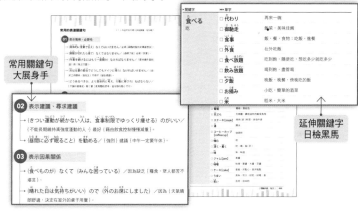

常用關鍵句
大展身手

延伸關鍵字
日檢黑馬

⑤ 解題祕寶：洞悉出題法則奧秘，傳授速讀答題的神技

在激烈的考試戰場上，能夠迅速而準確地把握文章精髓，不僅能夠大幅節約時間，更是提升答題準確度的關鍵。為了幫助考生在這場智慧的較量中獲勝，我們深入剖析了日檢考試的出題規律，從中提煉出 8 大高頻考題類型，例如因果關係題、正誤判斷題等。我們不僅止於理論，更進一步針對每一題考題進行分析，讓學習者在實際應用中磨練出題洞察力。

本課程將使您在考試中搶分如採花，輕鬆積累分數至手軟，助您實現無壓力的高分夢想！

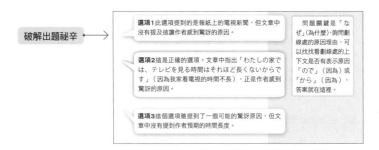

破解出題祕辛 →

選項1此選項提到的是報紙上的電視新聞，但文章中沒有提到這讓作者感到驚訝的原因。

選項2這是正確的選項。文章中指出「わたしの家では、テレビを見る時間はそれほど長くないからです」（因為我家看電視的時間不長），正是作者感到驚訝的原因。

問題關鍵是「なぜ」(為什麼)，詢問劃線處的原因理由，可以找看畫線處的上下文是否有表示原因「ので」（因為）或「から」（因為），答案就在這裡。

選項3這個選項雖提到了一個可能的驚訝原因，但文章中沒有提到作者預期的時間長度。

本書【3大特色】內容精修，全新編排，讓您讀得舒適，學習更高效！閱讀拿高標，縮短日檢合格路，成為考證高手！

① **一目十行：**「中日對照編排法」學習力翻倍，好學好吸收，開啟解題速度！

　　絕妙排版，令人愛不釋手。本書突破傳統編排，獨立模擬試題區，擬真設計，測驗時全神貫注無干擾。左頁日文原文與關鍵句提示，右頁精確翻譯與深入解析，訂正時一秒理解，不必再東翻西找！結合關鍵句提示＋精確翻譯＋深入分析，打造最高效解題節奏。考場上無往不利，學習效率飆升！

絕妙排版
題目與關鍵句

愛不釋手
翻譯與解題

關鍵句提示
考證高手

② 雙劍合璧：「閱讀＋聽力」雙管齊下，為您打磨出兩把閃耀的勝利之劍！

　　為何限制自己只在一個領域進步？我們邀請日籍教師錄製精彩朗讀音檔，讓您的閱讀突破紙張的界限，融入日常的每個瞬間。刻意訓練讓您的閱讀與聽力無形中得到全面提升，聽熟了，聽力不再是噩夢，而是您的超能力！看多了，閱讀不僅是技能，更成為您的第六感。

勝利之劍
線上音檔

> Track 29
>
> つぎの文章を読んで、質問に答えてください。答えは、1・2・3・4から、いちばんいいものを一つえらんでください。

③ 實戰工具箱：書末詳列N4常考文法，用法分門別類，一掌解開學習迷霧！

　　書末貼心附上 N4 常考文法及例句，化作您的隨身工具書。常考文法以關鍵字統整，翻閱一個用法即展開相關用法寶庫，讓概念更明晰，不知不覺學習賽道上遙遙領先他人。精確攻克考試重點，讓您在日檢的世界裡，翱翔如鷹，輕鬆自如！

分類寶庫
深入記憶

　　別自限為學習界的外行人，您只是還未找到那能激發潛力的神奇教材！本書將成為學習進階的加速器，讓您的學習能力飆升至新高度，喚醒腦海中的聰明基因。這不僅是學習的躍進，更像是賦予您一顆全新、充滿才智的超級大腦，準備好打開全新的學習世界大門，迎接日檢的絕對合格！

目錄
contents

新「日本語能力測驗」概要

JLPT

一、什麼是新日本語能力試驗呢

1. 新制「日語能力測驗」

從 2010 年起實施的新制「日語能力測驗」（以下簡稱為新制測驗）。

1－1 實施對象與目的

新制測驗與舊制測驗相同，原則上，實施對象為非以日語作為母語者。其目的在於，為廣泛階層的學習與使用日語者舉行測驗，以及認證其日語能力。

1－2 改制的重點

改制的重點有以下 4 項：

1 測驗解決各種問題所需的語言溝通能力

新制測驗重視的是結合日語的相關知識，以及實際活用的日語能力。因此，擬針對以下兩項舉行測驗：一是文字、語彙、文法這 3 項語言知識；二是活用這些語言知識解決各種溝通問題的能力。

2 由 4 個級數增為 5 個級數

新制測驗由舊制測驗的 4 個級數（1 級、2 級、3 級、4 級），增加為 5 個級數（N1、N2、N3、N4、N5）。新制測驗與舊制測驗的級數對照，如下所示。最大的不同是在舊制測驗的 2 級與 3 級之間，新增了 N3 級數。

N1	難易度比舊制測驗的 1 級稍難。合格基準與舊制測驗幾乎相同。
N2	難易度與舊制測驗的 2 級幾乎相同。
N3	難易度介於舊制測驗的 2 級與 3 級之間。（新增）
N4	難易度與舊制測驗的 3 級幾乎相同。
N5	難易度與舊制測驗的 4 級幾乎相同。

＊「N」代表「Nihongo（日語）」以及「New（新的）」。

3 施行「得分等化」

由於在不同時期實施的測驗，其試題均不相同，無論如何慎重出題，每次測驗的難易度總會有或多或少的差異。因此在新制測驗中，導入「等化」的計分方式後，便能將不同時期的測驗分數，於共同量尺上相互比較。因此，無論是在什麼時候接受測驗，只要是相同級數的測驗，其得分均可予以比較。目前全球幾種主要的語言測驗，均廣泛採用這種「得分等化」的計分方式。

4 提供「日本語能力試驗 Can-do 自我評量表」（簡稱 JLPT Can-do）

為了瞭解通過各級數測驗者的實際日語能力，新制測驗經過調查後，提供「日本語能力試驗 Can-do 自我評量表」。該表列載通過測驗認證者的實際日語能力範例。希望通過測驗認證者本人以及其他人，皆可藉由該表格，更加具體明瞭測驗成績代表的意義。

1－3 所謂「解決各種問題所需的語言溝通能力」

我們在生活中會面對各式各樣的「問題」。例如，「看著地圖前往目的地」或是「讀著說明書使用電器用品」等等。種種問題有時需要語言的協助，有時候不需要。

為了順利完成需要語言協助的問題，我們必須具備「語言知識」，例如文字、發音、語彙的相關知識、組合語詞成為文章段落的文法知識、判斷串連文句的順序以便清楚說明的知識等等。此外，亦必須能配合當前的問題，擁有實際運用自己所具備的語言知識的能力。

舉個例子，我們來想一想關於「聽了氣象預報以後，得知東京明天的天氣」這個課題。想要「知道東京明天的天氣」，必須具備以下的知識：「晴れ（晴天）、くもり（陰天）、雨（雨天）」等代表天氣的語彙；「東京は明日は晴れでしょう（東京明日應是晴天）」的文句結構；還有，也要知道氣象預報的播報順序等。除此以外，尚須能從播報的各地氣象中，分辨出哪一則是東京的天氣。

如上所述的「運用包含文字、語彙、文法的語言知識做語言溝通，進而具備解決各種問題所需的語言溝通能力」，在新制測驗中稱為「解決各種問題所需的語言溝通能力」。

新制測驗將「解決各種問題所需的語言溝通能力」分成以下「語言知識」、「讀解」、「聽解」等3個項目做測驗。

語言知識	各種問題所需之日語的文字、語彙、文法的相關知識。
讀 解	運用語言知識以理解文字內容，具備解決各種問題所需的能力。
聽 解	運用語言知識以理解口語內容，具備解決各種問題所需的能力。

作答方式與舊制測驗相同，將多重選項的答案劃記於答案卡上。此外，並沒有直接測驗口語或書寫能力的科目。

2. 認證基準

新制測驗共分為 N1、N2、N3、N4、N5，5 個級數。最容易的級數為 N5，最困難的級數為 N1。

與舊制測驗最大的不同，在於由 4 個級數增加為 5 個級數。以往有許多通過 3 級認證者常抱怨「遲遲無法取得 2 級認證」。為因應這種情況，於舊制測驗的 2 級與 3 級之間，新增了 N3 級數。

新制測驗級數的認證基準，如表 1 的「讀」與「聽」的語言動作所示。該表雖未明載，但應試者也必須具備為表現各語言動作所需的語言知識。

N4 與 N5 主要是測驗應試者在教室習得的基礎日語的理解程度；N1 與 N2 是測驗應試者於現實生活的廣泛情境下，對日語理解程度；至於新增的 N3，則是介於 N1 與 N2，以及 N4 與 N5 之間的「過渡」級數。關於各級數的「讀」與「聽」的具體題材（內容），請參照表 1。

■ 表 1　新「日語能力測驗」認證基準

級數	認證基準
	各級數的認證基準，如以下【讀】與【聽】的語言動作所示。各級數亦必須具備為表現各語言動作所需的語言知識。
N1	能理解在廣泛情境下所使用的日語 【讀】‧ 可閱讀話題廣泛的報紙社論與評論等論述性較複雜及較抽象的文章，且能理解其文章結構與內容。 ‧ 可閱讀各種話題內容較具深度的讀物，且能理解其脈絡及詳細的表達意涵。 【聽】‧ 在廣泛情境下，可聽懂常速且連貫的對話、新聞報導及講課，且能充分理解話題走向、內容、人物關係、以及說話內容的論述結構等，並確實掌握其大意。
N2	除日常生活所使用的日語之外，也能大致理解較廣泛情境下的日語 【讀】‧ 可看懂報紙與雜誌所刊載的各類報導、解說、簡易評論等主旨明確的文章。 ‧ 可閱讀一般話題的讀物，並能理解其脈絡及表達意涵。 【聽】‧ 除日常生活情境外，在大部分的情境下，可聽懂接近常速且連貫的對話與新聞報導，亦能理解其話題走向、內容、以及人物關係，並可掌握其大意。
N3	能大致理解日常生活所使用的日語 【讀】‧ 可看懂與日常生活相關的具體內容的文章。 ‧ 可由報紙標題等，掌握概要的資訊。 ‧ 於日常生活情境下接觸難度稍高的文章，經換個方式敘述，即可理解其大意。 【聽】‧ 在日常生活情境下，面對稍微接近常速且連貫的對話，經彙整談話的具體內容與人物關係等資訊後，即可大致理解。

困難 ＊（→）

＊ 容 易 ↓	N4	能理解基礎日語 【讀】‧可看懂以基本語彙及漢字描述的貼近日常生活相關話題的文章。 【聽】‧可大致聽懂速度較慢的日常會話。		
	N5	能大致理解基礎日語 【讀】‧可看懂以平假名、片假名或一般日常生活使用的基本漢字所書 　　　寫的固定詞句、短文、以及文章。 【聽】‧在課堂上或周遭等日常生活中常接觸的情境下，如為速度較慢 　　　的簡短對話，可從中聽取必要資訊。		

＊ N1 最難，N5 最簡單。

3. 測驗科目

新制測驗的測驗科目與測驗時間如表 2 所示。

■ 表 2　測驗科目與測驗時間 ＊①

級 數	測驗科目 （測驗時間）			
N1	語言知識（文字、語彙、文法）、讀解 （110 分）		聽解 （55 分）	→
N2	語言知識（文字、語彙、文法）、讀解 （105 分）		聽解 （50 分）	→
N3	語言知識 （文字、語彙） （30 分）	語言知識（文法）、 讀解 （70 分）	聽解 （40 分）	→
N4	語言知識 （文字、語彙） （25 分）	語言知識（文法）、 讀解 （55 分）	聽解 （35 分）	→
N5	語言知識 （文字、語彙） （20 分）	語言知識（文法）、 讀解 （40 分）	聽解 （30 分）	→

測驗科目為「語言知識（文字、語彙、文法）、讀解」；以及「聽解」共 2 科目。

測驗科目為「語言知識（文字、語彙）」；「語言知識（文法）、讀解」；以及「聽解」共 3 科目。

　　N1 與 N2 的測驗科目為「語言知識（文字、語彙、文法）、讀解」以及「聽解」共 2 科目；N3、N4、N5 的測驗科目為「語言知識（文字、語彙）」、「語言知識（文法）、讀解」、「聽解」共 3 科目。

　　由於 N3、N4、N5 的試題中，包含較少的漢字、語彙、以及文法項目，因此當與 N1、N2 測驗相同的「語言知識（文字、語彙、文法）、讀解」科目時，有時會使某幾道試題成為其他題目的提示。為避免這個情況，因此將「語言知識（文字、語彙、文法）、讀解」，分成「語言知識（文字、語彙）」和「語言知識（文法）、讀解」施測。

＊①：聽解因測驗試題的錄音長度不同，致使測驗時間會有些許差異。

4. 測驗成績

4－1 量尺得分

舊制測驗的得分，答對的題數以「原始得分」呈現；相對的，新制測驗的得分以「量尺得分」呈現。

「量尺得分」是經過「等化」轉換後所得的分數。以下，本手冊將新制測驗的「量尺得分」，簡稱為「得分」。

4－2 測驗成績的呈現

新制測驗的測驗成績，如表3的計分科目所示。N1、N2、N3的計分科目分為「語言知識（文字、語彙、文法）」、「讀解」、以及「聽解」3項；N4、N5的計分科目分為「語言知識（文字、語彙、文法）、讀解」以及「聽解」2項。

會將N4、N5的「語言知識（文字、語彙、文法）」和「讀解」合併成一項，是因為在學習日語的基礎階段，「語言知識」與「讀解」方面的重疊性高，所以將「語言知識」與「讀解」合併計分，比較符合學習者於該階段的日語能力特徵。

■ 表3 各級數的計分科目及得分範圍

級數	計分科目	得分範圍
N1	語言知識（文字、語彙、文法） 讀解 聽解	0～60 0～60 0～60
	總分	0～180
N2	語言知識（文字、語彙、文法） 讀解 聽解	0～60 0～60 0～60
	總分	0～180
N3	語言知識（文字、語彙、文法） 讀解 聽解	0～60 0～60 0～60
	總分	0～180
N4	語言知識（文字、語彙、文法）、讀解 聽解	0～120 0～60
	總分	0～180
N5	語言知識（文字、語彙、文法）、讀解 聽解	0～120 0～60
	總分	0～180

各級數的得分範圍，如表 3 所示。N1、N2、N3 的「語言知識（文字、語彙、文法）」、「讀解」、「聽解」的得分範圍各為 0～60 分，3 項合計的總分範圍是 0～180 分。「語言知識（文字、語彙、文法）」、「讀解」、「聽解」各占總分的比例是 1：1：1。

N4、N5 的「語言知識（文字、語彙、文法）、讀解」的得分範圍為 0～120 分，「聽解」的得分範圍為 0～60 分，2 項合計的總分範圍是 0～180 分。「語言知識（文字、語彙、文法）、讀解」與「聽解」各占總分的比例是 2：1。還有，「語言知識（文字、語彙、文法）、讀解」的得分，不能拆解成「語言知識（文字、語彙、文法）」與「讀解」2 項。

除此之外，在所有的級數中，「聽解」均占總分的 3 分之 1，較舊制測驗的 4 分之 1 為高。

4－3 合格基準

舊制測驗是以總分作為合格基準；相對的，新制測驗是以總分與分項成績的門檻二者作為合格基準。所謂的門檻，是指各分項成績至少必須高於該分數。假如有一科分項成績未達門檻，無論總分有多高，都不合格。

新制測驗設定各分項成績門檻的目的，在於綜合評定學習者的日語能力，須符合以下二項條件才能判定為合格：①總分達合格分數（＝通過標準）以上；②各分項成績達各分項合格分數（＝通過門檻）以上。如有一科分項成績未達門檻，無論總分多高，也會判定為不合格。

N1～N3 及 N4、N5 之分項成績有所不同，各級總分通過標準及各分項成績通過門檻如下所示：

級數	總分		分項成績					
			言語知識 （文字・語彙・文法）		讀解		聽解	
	得分範圍	通過標準	得分範圍	通過門檻	得分範圍	通過門檻	得分範圍	通過門檻
N1	0～180分	100分	0～60分	19分	0～60分	19分	0～60分	19分
N2	0～180分	90分	0～60分	19分	0～60分	19分	0～60分	19分
N3	0～180分	95分	0～60分	19分	0～60分	19分	0～60分	19分

級數	總分		分項成績			
			言語知識 （文字・語彙・文法）・讀解		聽解	
	得分範圍	通過標準	得分範圍	通過門檻	得分範圍	通過門檻
N4	0～180分	90分	0～120分	38分	0～60分	19分
N5	0～180分	80分	0～120分	38分	0～60分	19分

※ 上列通過標準自 2010 年第 1 回 (7 月)【N4、N5 為 2010 年第 2 回 (12 月)】起適用。

缺考其中任一測驗科目者，即判定為不合格。寄發「合否結果通知書」時，含已應考之測驗科目在內，成績均不計分亦不告知。

4－4 測驗結果通知

依級數判定是否合格後，寄發「合否結果通知書」予應試者；合格者同時寄發「日本語能力認定書」。

■ N1, N2, N3

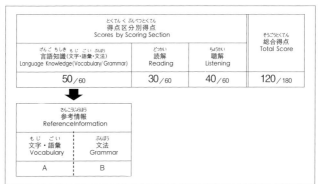

■ N4, N5

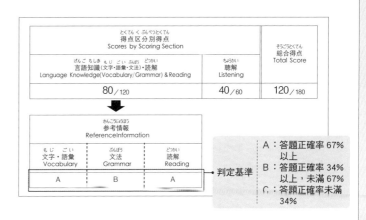

※各節測驗如有一節缺考就不予計分，即判定為不合格。雖會寄發「合否結果通知書」但所有分項成績，含已出席科目在內，均不予計分。各欄成績以「＊」表示，如「＊＊／60」。
※所有科目皆缺席者，不寄發「合否結果通知書」。

N4 題型分析

測驗科目 (測驗時間)			試題內容	
		題型	小題 題數*	分析
語言知識 (25分)	文字、語彙	1 漢字讀音 ◇	7	測驗漢字語彙的讀音。
		2 假名漢字寫法 ◇	5	測驗平假名語彙的漢字寫法。
		3 選擇文脈語彙 ○	8	測驗根據文脈選擇適切語彙。
		4 替換類義詞 ○	4	測驗根據試題的語彙或說法，選擇類義詞或類義說法。
		5 語彙用法 ○	4	測驗試題的語彙在文句裡的用法。
語言知識、讀解 (55分)	文法	1 文句的文法1 (文法形式判斷) ○	13	測驗辨別哪種文法形式符合文句內容。
		2 文句的文法2 (文句組構) ◆	4	測驗是否能夠組織文法正確且文義通順的句子。
		3 文章段落的文法 ◆	4	測驗辨別該文句有無符合文脈。
	讀解*	4 理解內容 (短文) ○	3	於讀完包含學習、生活、工作相關話題或情境等，約100-200字左右的撰寫平易的文章段落之後，測驗是否能夠理解其內容。
		5 理解內容 (中文) ○	3	於讀完包含以日常話題或情境為題材等，約450字左右的簡易撰寫文章段落之後，測驗是否能夠理解其內容。
		6 彙整資訊 ◆	2	測驗是否能夠從介紹或通知等，約400字左右的撰寫資訊題材中，找出所需的訊息。
聽解 (35分)		1 理解問題 ◇	8	於聽取完整的會話段落之後，測驗是否能夠理解其內容(於聽完解決問題所需的具體訊息之後，測驗是否能夠理解應當採取的下一個適切步驟)。
		2 理解重點 ◇	7	於聽取完整的會話段落之後，測驗是否能夠理解其內容(依據剛才已聽過的提示，測驗是否能夠抓住應當聽取的重點)。
		3 適切話語 ◆	5	於一面看圖示，一面聽取情境說明時，測驗是否能夠選擇適切的話語。
		4 即時應答 ◆	8	於聽完簡短的詢問之後，測驗是否能夠選擇適切的應答。

＊「小題題數」為每次測驗的約略題數，與實際測驗時的題數可能未盡相同。此外，亦有可能會變更小題題數。

＊有時在「讀解」科目中，同一段文章可能會有數道小題。

＊符號標示：「◆」舊制測驗沒有出現過的嶄新題型；「◇」沿襲舊制測驗的題型，但是更動部分形式；「○」與舊制測驗一樣的題型。

資料來源：《關於 N4 及 N5 的測驗時間、試題題數基準的變更》。2020 年 9 月 10 日，取自：https://www.jlpt.jp/tw/topics/202009091599643004.html

もんだい

4

在讀完包含學習、生活、工作相關話題或情境等，約 100 ～ 200 字左右的平易的文章之後，測驗是否能夠理解其內容。

理解內容／短文

考前要注意的事

▶ 作答流程 & 答題技巧

| 閱讀說明 | 先仔細閱讀考題說明 |

| 閱讀
問題與內容 | 預估有 4 題
1 考試時建議先看提問及選項，再看文章。
2 閱讀經過改寫後的約 100 ～ 200 字的短篇文章，測驗是否能夠理解文章內容。以生活、工作、學習及書信、電子郵件等為主題的簡單文章。
3 提問一般用「～は、どうすればいいですか」（…該怎麼做好呢？）、「～についてわかることは何ですか」（有關…可以知道的有哪些？）的表達方式。
4 也會出現同一個意思，改用不同詞彙的作答方式。還有提問與內容不符的選項，也常出現，要小心應答。 |

| 答題 | 選出正確答案 |

もんだい4 Reading

Track 01

つぎの（1）から（4）の文章を読んで、質問に答えてください。答えは、1・2・3・4から、いちばんいいものを一つえらんでください。

（1）

駅前にあるイタリア料理のレストランでは、誕生日に食事に来た人は飲み物がただになります。きのうは弟の誕生日でしたので、久しぶりに家族みんなで食事に行きました。ビールを全部で14杯注文しました。弟は2杯しか飲まなかったのに、父は一人で6杯も飲んでいました。

26　きのう、全部でビール何杯分のお金を払いましたか。

1　14杯分
2　2杯分
3　12杯分
4　6杯分

(2)　Track 02

　飛行機のチケットを安く買う方法をいくつか紹介しましょう。一つは2、3か月前に予約する方法です。でもこの場合、あとで予定を変えるのは難しいので、よく考えてから予約してください。もう一つは、旅行に行く2、3日前に買う方法です。まだ売れていないチケットが安く買えるかもしれませんが、席がなければ旅行に行けなくなるので、気をつけてください。

[27]　8月10日ごろに旅行に行こうと思っています。いつチケットを買うと、安く買えますか。

1　5月ごろか、8月7、8日ごろ

2　7月18日から20日ごろ

3　7月になってから

4　2月か3月

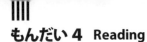
(3)　　　　　　　　　　　　　　　　　　　　　　　| Track 03 |

これは、田中さんから林さんに届いたメールです。

林さん

　お久しぶりです。お元気ですか。最近の大阪の天気はどうですか。

　わたしは20日から、仕事で1週間、大阪に行くことになりました。

　大阪駅の近くに、おいしいフランス料理のレストランがあるそうですね。いっしょに食事をしたいです。

　わたしは23日の夜は、時間があります。

　林さんはその日はどうですか。お返事ください。

田中

---

28 林さんは田中さんに何を知らせなければなりませんか。

1　最近の大阪の天気がいいかどうか。

2　大阪駅の近くのレストランがいいかどうか。

3　23日に時間があるかどうか。

4　20日に時間があるかどうか。

(4)

　野菜や果物は体にとてもいい食べ物ですが、食べ過ぎはよくありません。野菜は1日に350グラム、果物は1日に200グラムぐらいがいいそうです。

　けさ、わたしはいちごを七つ食べました。一つ14グラムぐらいですから、七つで約100グラムです。お昼は果物が食べられませんでしたので、その代わりにサラダをたくさん食べました。晩ごはんのあとで、りんごを食べようと思っていますが、食べ過ぎには気をつけなければいけません。

29　この人は、きょうの夜どれぐらい果物を食べるとちょうどいいですか。

1　できるだけたくさん

2　350グラム

3　200グラム

4　100グラム

つぎの(1)から(4)の文章を読んで、質問に答えてください。答えは、1・2・3・4から、いちばんいいものを一つえらんでください。

---

(1)

　　駅前にあるイタリア料理のレストランでは、誕生日に食事に ◁ 關鍵句

来た人は飲み物がただになります。きのうは弟の誕生日でした

ので、久しぶりに家族みんなで食事に行きました。ビールを全 ◁ 關鍵句

部で14杯注文しました。弟は2杯しか飲まなかったのに、父は
└ 文法詳見 P30

一人で6杯も飲んでいました。
└ 文法詳見 P30

---

26 きのう、全部でビール何杯分のお金を払
　　いましたか。

　　1　14杯分
　　2　2杯分
　　3　12杯分
　　4　6杯分

□ 駅前　車站前　　　　　　　　　□ 注文　點〈餐〉

□ イタリア料理【Italia料理】　　□ 払う　付錢
　　義式料理

□ レストラン【restaurant】
　　餐廳

□ 誕生日　生日

□ ただ　免費

□ 久しぶりに　久違地

□ ビール【beer】啤酒

□ ～杯　…杯

請閱讀下列（1）～（4）的文章並回答問題。請從選項1・2・3・4當中選出一個最恰當的答案。

（1）

　　車站前的義式餐廳，壽星在生日當天可以免費暢飲。昨天是弟弟的生日，所以我們全家人久違地一起外出用餐。大家一共點了14杯啤酒。弟弟只喝了2杯而已，爸爸卻一個人就喝了6杯。

Answer 3

26 請問昨天，一共付了幾杯啤酒的錢？

1　14杯
2　2杯
3　12杯
4　6杯

選項1「14杯」。這個選項假設家庭需要為14杯啤酒全部支付費用。然而，根據規則「誕生日に食事に来た人は飲み物がただになります」（在生日當天來餐廳的人可以免費獲得飲品），弟弟在他的生日當天喝的兩杯啤酒是免費的。因此，這個選項是不正確的。

選項3「12杯」。根據描述，他們「ビールを全部で14杯注文しました」（共訂了14杯啤酒）。由於來慶祝生日的人的飲料是免費的，且「弟は2杯しか飲まなかった」（弟弟只喝了2杯），所以他的2杯是免費的。因此，支付的是14杯減去免費的2杯，即12杯的費用，這個選項是正確的。

選項2「2杯」。此選項表明他們只為2杯啤酒支付了費用，這明顯與事實不符，因為他們實際上需要為12杯啤酒支付費用（14杯中的2杯由於是弟弟的生日而免費）。因此，這個選項也是不正確的。

選項4「6杯」。這個選項似乎只考慮了父親單獨喝的6杯啤酒。然而，文章中提到的其他啤酒顯然也需要付費，只有弟弟的兩杯是免費的。因此，這個選項也不正確。

　　「～になる」（變得…）表示事物的變化。「～しか～ない」（只…）用來表示限定，要注意「しか」的後面一定要接否定句。「～のに」（明明…）表示後項和前項無法相互對應或是邏輯不通，有「A是…，B卻是…」的含意，或是用來表示說話者惋惜、遺憾的心情。「數量詞＋も」用來強調數量很多、程度很高。

(2)

飛行機のチケットを安く買う方法をいくつか紹介しましょう。 ┗文法詳見 P30

一つは 2、3 か月前に予約する方法です。 でもこの場合、あとで < 關鍵句

予定を変えるのは難しいので、よく考えてから予約してくださ

い。**もう一つは、旅行に行く 2、3 日前に買う方法です。** まだ < 關鍵句

売れていないチケットが安く買えるかもしれませんが、席がな

ければ旅行に行けなくなるので、気をつけてください。 ┗文法詳見 P31

---

27 8月10日ごろに旅行に行こうと思ってい

ます。いつチケットを買うと、安く買え

ますか。 ┗文法詳見 P31

1 5月ごろか、8月7、8日ごろ

2 7月18日から20日ごろ

3 7月になってから

4 2月か3月

□ 飛行機 飛機 　　　　　　　　　□ 席 位子

□ チケット【ticket】
　機票；票券

□ 方法 方法

□ 紹介する 介紹

□ 予約 預購；預約

□ 場合 情形；狀況

□ 予定 預定〈計畫〉

□ 変える 改變

□ 旅行 旅行

(2)

　　我來介紹幾個可以買到便宜機票的方法吧。其中一個方法是在 2、3 個月前預訂，不過在這個情況下，之後不好變更行程，所以請仔細考量再訂購。另外一個方法是在旅行前 2、3 天購買機票。也許能便宜買到還沒賣出去的機票，可是如果沒有座位就不能去旅行了，請多加留意。

Answer 1

27　預計在 8 月 10 號左右出發去旅行，請問什麼時候買機票比較便宜呢？

1　5 月左右或 8 月 7 號、8 號左右
2　7 月 18 號到 20 號左右
3　7 月起
4　2 月或 3 月

選項 3「7 月之後」這個選項太過籠統，不具體指出具體購買的日期，無法確定是否符合文章中提到的便宜機票的時間範圍。

選項 4「2 月或 3 月」此選項提出的時間遠早於推薦的 2、3 個月前的購票時機，因此並不是購買 8 月 10 日旅行機票的理想時期。

選項 1「5 月左右或 8 月 7 號、8 號左右」。根據文章中提到的兩種買便宜機票的方法，「2、3 か月前に予約する」（在 2、3 個月前預訂）和「旅行に行く 2、3 日前に買う」（旅行前 2、3 天購買），對於 8 月 10 日的旅行，這意味著在 5 月（大約 2、3 個月前）或是在 8 月的 7、8 日（幾天前）購買機票可能會得到較低的價格。因此，這是正確的選項。

選項 2「7 月 18 到 20 左右」此選項提出的時間點既不符合 2、3 個月前的規則，也不在旅行的前 2、3 天內，因此不符合文章中提到的任何一種節省成本的時間規劃。

　　「いくつか」是從「疑問詞＋か」這個用法來的，「いくつ」(幾個)加上疑問的「か」表示數量不確定。「かもしれない」(或許…)表示說話者對於自己的發言、推測沒把握。「席がなければ」的「ば」表示滿足前項的條件就會發生後項的事情，意思是「如果…就…」。「行ける」(能去)和「買える」(能買)是「行く」、「買う」的可能形。

　　「～と思っている」用來表示某人有某種想法、念頭。「いつチケットを買うと」的「と」前面接動詞辭書形，表示前項動作一發生，後項事物就會立刻成立，常用在說明自然現象、路線、習慣、使用方法，可以翻譯成「一…就…」。

(3)

これは、田中さんから林さんに届いたメールです。

林さん

　お久しぶりです。お元気ですか。最近の大阪の天気はどうですか。

　わたしは20日から、仕事で1週間、大阪に行く<u>こと</u><u>になりました</u>。
└文法詳見 P31

　大阪駅の近くに、おいしいフランス料理のレストランがある<u>そうですね</u>。いっしょに食事をしたいです。
└文法詳見 P32

　わたしは23日の夜は、時間があります。
　林さんはその日はどうですか。お返事ください。

田中

関鍵句

□ 届く　送達
□ メール【mail】電子郵件
□ お久しぶりです　好久不見
□ 大阪　大阪
□ 〜週間　…週
□ フランス料理【France料理】法國料理
□ 夜　晚上
□ 返事　答覆

28 林さんは田中さんに何を知らせなければなりませんか。
└文法詳見 P32

1　最近の大阪の天気がいい<u>かどうか</u>。
└文法詳見 P32
2　大阪駅の近くのレストランがいいかどうか。

3　23日に時間があるかどうか。
4　20日に時間があるかどうか。

(3)

這是一封田中寫給林先生的電子郵件。

林先生

好久不見。近來可好？最近大阪的天氣如何
呢？

我 20 日起要去大阪洽公一個禮拜。

聽說大阪車站的附近有很好吃的法式料理
餐廳。我想和你一起吃頓飯。

我 23 日晚上有空。

你那天方便嗎？請回信給我。

田中

---

28 請問林先生必須要告訴田中什麼事情呢？

　1　最近大阪的天氣好不好。

　2　大阪車站附近的餐廳好不好。

　3　23 日有沒有時間。

　4　20 日有沒有時間。

選項 3「23日是否有空」。從文章的對話中可以看
到田中提到「わたしは23日の夜は、時間があります」
（我23日晚上有空），隨後詢問林先生「林さ
んはその日はどうですか」（你那天方便嗎）。這
表明田中詢問的是先生23日是否有空。選項 3 直接
回答了這個問題，符合文章給出的需求。

選項 4「20日是否有空」。文章中未提及任何有關20日
的計畫或約定，因此這個選項與提供的情境不相關。

選項 1「最近大阪的天氣
如何」。此選項不正確。
雖然田中先生在郵件開頭
詢問了大阪的天氣情況
「最近の大阪の天気はど
うですか」，但主要的請
求並不是關於天氣，而是
關於會面的可能性。

選項 2「大阪站附近的餐
廳是否好」同樣，文章中沒
有提及任何關於餐廳的信息
或田中對此有所詢問，因此
這選項與情境不相關。

「～ことになる」表示一種客觀的安排，不是由說話者來決定這樣做的。「名詞＋だ
＋そうだ」（聽說…）表示消息來源是從其他地方得來的，傳聞的「そうだ」前面還可以
接動詞普通形、形容詞普通形、「形容動詞語幹＋だ」。「～かどうか」用在不確定
的時候，「いいかどうか」的意思是「好或不好」，可以還原成「いいか悪いか」。

(4)

野菜や果物は体にとてもいい食べ物ですが、食べ過ぎはよくありません。野菜は1日に350グラム、**果物は1日に200グラム**ぐらいがいいそうです。 ⟨關鍵句

けさ、わたしはいちごを七つ食べました。一つ14グラムぐらいですから、七つで約100グラムです。お昼は果物が食べられませんでしたので、その代わりにサラダをたくさん食べました。晩ごはんのあとで、りんごを食べようと思っていますが、食べ過ぎには気をつけなければいけません。 ⟨關鍵句

文法詳見 P33

---

29 この人は、きょうの夜どれぐらい果物を食べるとちょうどいいですか。

1 できるだけたくさん

2 350グラム

3 200グラム

4 100グラム

□ 野菜 蔬菜
□ 果物 水果
□ 食べ物 食物
□ 〜過ぎ …過頭；…超過
□ グラム【gram】公克
□ いちご 草莓
□ 約〜 大約
□ その代わりに 取而代之地

□ サラダ【salad】沙拉

(4)

　　蔬菜和水果雖然是對身體好的食物，但是如果吃太多就不好了。據說蔬菜一天攝取 350 公克，水果一天攝取 200 公克，這樣最理想。

　　今天早上我吃了 7 顆草莓。一顆重量是 14 公克左右，7 顆大約 100 公克。中午不能吃水果，所以取而代之地，我吃了很多沙拉。晚餐後我想吃蘋果，不過一定要小心過量。

Answer　**4**

29　請問這個人今晚要吃多少的水果才剛剛好呢？

1 吃越多越好

2 350 公克

3 200 公克

4 100 公克

選項 1「盡可能多地」。這個選項建議食用大量的水果，但文章指出一天應該攝取的水果量為200公克，因此這個選項過量且不符合文章建議。

選項 2「350公克」。這個選項提到的水果攝取量，超過了建議的每日攝取量（200公克），因此不正確。

選項 3「200公克」。雖然文章中指出每日水果攝取量為200公克「果物は１日に200グラムぐらいがいいそうです」，但本文已提到作者早上已經攝取了約100公克的水果，因此這個選項也不適合。

選項 4「100公克」。根據文章描述，作者早上已經攝取了100公克的水果「けさ、わたしはいちごを七つ食べました。一つ14グラムぐらいですから、七つで約100グラムです」，如果晚上再攝取100公克，總量則恰好為每日建議量200公克，因此這是最合適的選項。

在本文第 1 段的文法應用中，「～にいい」意思是「對…很好」，相反的，如果要表達某項事物是有害的，可以用「～に悪い」。「動詞ます形＋過ぎ」是名詞用法，意思是「過於…」、「太…」，表示程度超出限度，帶有負面的語感。「形容詞普通形＋そうだ」(聽說…)表示消息來源是從其他地方得來的，傳聞的「そうだ」前面還可以接動詞普通形、「名詞＋だ」、「形容動詞語幹＋だ」。

在本文第 2 段的文法應用中，「その代わりに」意思是「取而代之」，表示用後項來代替前項。「～ようと思っている」(打算…)用來表示說話者積極地想做某件事情。「動詞未然形＋なければいけない」(不能不…)用來說明在這個情況之下該怎麼做才是最理想的，雖然帶有「本來就該如此」的強制語感，但其實要做不做還是取決於個人。

🖋 **文法と萬用句型**

【［名詞・形容動詞］な；［動詞・形容詞］普通形】＋のに。表示逆接，用於後項結果違反前項的期待。或表示前項和後項呈現對比的關係。

❶ ＿＿＿＿＋のに（逆接・對比）

明明…、卻…、但是…

例句 このレストランは、<u>不便な場所</u>にあるのに人気があります。

這家餐廳明明位於交通不方便的地點卻很受歡迎。

〔替換單字・短句〕

□ **おいしくない** 不好吃
□ **値段が高い** 很貴

【數量詞】＋も。前面接數量詞，用在強調數量很多、程度很高的時候，或表示實際的數量或次數並不明確，但說話者感覺很多。

❷ ＿＿＿＿＋も 多達…

例句 ゆうべは<u>ワインを2本</u>も飲みました。

昨晚喝了多達**兩瓶紅酒**。

〔替換單字・短句〕

□ **ビールを7本** 7瓶啤酒
□ **コーヒーを5杯** 5杯咖啡
□ **ジュースを3杯** 3杯果汁

【疑問詞】＋【名詞；形容動詞詞幹；［形容詞・動詞］普通形】＋か。當一個完整的句子中，包含另一個帶有疑問詞的疑問句時，則表示事態的不明確性。

❸ ＿＿＿＿＋か 疑問句為名詞

例句 外に誰がいるか見て来てください。

請去看看誰在外面。

4 ＿＿＿＿＋ば

如果…的話、假如…、如果…就…

例句 雨が降れば、大変だ。

如果下雨，那就糟了！

〔替換單字・短句〕
□ あと一秒も遅ければ　如果再晚一秒
□ これが本当なら　假如這是真的

> 【[形容詞・動詞] 假定形；[名詞・形容動詞] 假定形】＋ば。敘述一般客觀事物的條件關係。如果前項成立，後項就一定會成立。

---

5 ＿＿＿＿＋と　一…就

例句 角を曲がると、すぐ彼女の家が見えた。

一過了轉角，馬上就可以看到她家了。

〔替換單字・短句〕
□ その信号を渡る　過了那個紅綠燈
□ この道をまっすぐに行く　朝這條路直走

> 【[名詞・形容詞・形容動詞・動詞] 普通形 (只能用在現在形及否定形)】＋と。表示陳述一般條件關係，不能使用表示說話人的意志、請求等。

例句 家に帰ると、電気がついていました。

一回到家，就發現電燈是開著的。

> 【動詞辭書形；動詞て形＋ている】＋と。表示前項如果成立，就會發生後項的事情，或是說話者因此有了新的發現。

---

6 ＿＿＿＿＋ことになる

（被）決定…；也就是說…

例句 駅にエスカレーターをつけることになりました。

車站決定設置自動手扶梯。

〔替換單字・短句〕
□ 新しいホームを作る　修建新月台
□ クーラーをつけない　不開空調

> 【動詞辭書形；動詞否定形】＋ことになる。表示決定。指說話人以外的人、團體或組織等，客觀地做出了某些安排或決定。

【［名詞・形容詞・形動容詞・動詞］普通形】＋そうだ。表示傳聞。不是自己直接獲得的，而是從別人那裡、報章雜誌或信上等處得到該信息。

❼ ＿＿＿＿＋そうだ　聽説…、據説…

例句 彼の話では、彼女は離婚したそうだ。

根據他的説法，她似乎離婚了。

〔替換單字・短句〕
- □ テニスが上手だ　很擅長打網球
- □ 背が高い　個子很高

【動詞否定形】＋なければならない。表示無論是自己或對方，從社會常識或事情的性質來看，不那樣做就不合理，有義務要那樣做。

❽ ＿＿＿＿＋なければならない

必須…、應該…

例句 12時までに家に帰らなければならない。

必須在 12 點以前回家才行。

〔替換單字・短句〕
- □ 空港に着か　抵達機場
- □ DVD を返さ　歸還 DVD

【名詞；形容動詞詞幹；［形容詞・動詞］普通形】＋かどうか。表示從相反的兩種事物中選擇其一。「～かどうか」前面接「不知是否屬實」的情報。

❾ ＿＿＿＿＋かどうか　是否………與否

例句 あの二人が兄弟かどうか分かりません。

我不知道那兩個人是不是兄弟。

〔替換單字・短句〕
- □ 先生が来る　老師會不會來
- □ 水が飲める　水能不能喝
- □ 映画がおもしろい　電影是否有趣

もんだい 4　もんだい 5　もんだい 6

10 ＿＿＿＿ ＋（よ）うとおもう

我想…、我要…

> 【動詞意向形】＋（よ）うとおもう。表示説話人告訴聽話人，説話當時自己的想法、打算或意圖。

例句 今度は北海道へ旅行に行こうと思います。

下回打算去北海道旅行。

〔替換單字・短句〕

□ 彼氏と来よう　和男友一起來

□ Ｎ４の試験を受けよう　參加日檢 N4 的測驗

✦ 小知識大補帖

▶ **無限暢飲的快樂**

　　前面提到的「飲み物がただになります」意思是"飲料免費喝"。日文中有個超棒的詞叫「飲み放題」，這表示你可以喝到飽，無限暢飲。「放題」的意思是"自由的、毫無限制的"。順便一提，吃到飽則叫做「食べ放題」。

　　在國內外某些餐廳，特定節日會推出「一人○○円で飲み放題／食べ放題」（一個人○○日圓就可以喝到飽／吃到飽）的活動。這些活動往往大受歡迎，效果不錯。讓我們一起為無限暢飲和無限享受而乾杯吧！

▶ **日本的入境審查**

　　當你抵達日本進行入境審查時，為了反恐目的，外國人第一次入境必須按食指指紋並拍攝臉部照片。這時，海關人員會像攝影師一樣指揮你：「カメラを見てください」（請看鏡頭）、「こちらを見てください」（請看這邊）、「人差し指をここに置いてください」（請將食指按在這裡）。是不是感覺自己像個明星一樣在接受拍照呢？別緊張，微笑一下，讓我們的日本之旅從這裡開始吧！

▶ **「食事」和「ご飯」大比拼**

　　「食事」（用餐）：這個詞可是非常正式的，用來描述人類為了生存而進行的攝取食物行為，包括每日的早、中、晚三餐。當你吃完飯，可以説「食事が終わる」（吃完飯）。很正式，是吧？

　　「ご飯」（餐）：這是「めし」（飯）的鄭重説法。「めし」是用大米、麥子等煮成的飯。當你在享用美食時，可以説「ご飯を食べる」（吃飯），如果想顯得豪邁一點，可以説「めしを食う」（吃飯）。是不是立刻感覺到親切又接地氣呢？

　　小結：「食事」是正式的用餐，「ご飯」則是更貼近生活的吃飯。所以，下次吃飯時，不妨試著用這些不同的説法，讓你的日語更加生動有趣吧！

常用的表達關鍵句

* { } 內也可自行帶入其他詞彙、短句喔！

01 表示義務、必要性

→ {具体的に言葉で伝え} なくてはいけません／必須 { 具體的說出來傳達想法 }。

→ {期限が切れたら捨て} なくてはなりません／{ 過期了就 } 必須 { 丟棄 }。

→ {作業を続けるにはもう一度開か} なければなりません／{ 要持續作業的話 } 得 { 再次打開 }。

→ {夫は仕事の都合でどうしてもドイツに残ら} なければいけません／{ 由於工作關係，我先生 } 不得不 { 留在德國 }。

→ {どうあるべきか、より具体的に考え、行動に移され} ねばならない／{ 不論什麼情況，都 } 要 { 更具體的思考，並付諸行動 } 才行。

02 表示建議、尋求建議

→ {きつい運動が続かない人は、食事制限でゆっくり痩せる} のがいい／{ 不能長期維持高強度運動的人，} 最好 { 藉由飲食控制慢慢減重 }。

→ {昼間に必ず眠ること} を勧める／{ 強烈 } 建議 { 中午一定要午休 }。

03 表示因果關係

→ {食べものが} なくて {みんな困っている} ／因為缺乏 { 糧食，眾人都苦不堪言 }。

→ {晴れた日は気持ちがいい} ので {外のお席にしました} ／因為 { 天氣晴朗舒適，決定在室外的桌子用餐 }。

→ {彼は療養中なので、邪魔しない} ために {しばらくの間連絡するのはやめよう} ／為了 { 不打擾正臥床養病的他，我們暫時別聯繫他吧 }。

→ {今の仕事はおもしろくない} し、{転職したい} ／因為 { 目前從事的工作枯燥乏味，所以很想轉職 }。

→ {閉店} につき {50%オフです} ／由於 { 關店出清 }，{ 全店商品 5 折特賣 }。

關鍵字記單字

▶關鍵字	▶▶▶ 單字	
食べる 吃	□ 代わり	再來一碗
	□ 御馳走	飯菜，美味佳餚
	□ 食事	飯，餐，食物；吃飯，進餐
	□ 外食	在外吃飯
	□ 食べ放題	吃到飽，隨便吃，想吃多少就吃多少
	□ 飲み放題	喝到飽，盡管喝
	□ 夕飯	晚飯，晚餐，傍晚吃的飯
	□ お摘み	小吃，簡單的酒菜
	□ 米	稻米，大米
	□ サンドイッチ 【sandwich】	三明治，夾心麵包
	□ サラダ【salad】	沙拉，涼拌菜
	□ 葡萄	葡萄，紫紅色
	□ 天ぷら	天婦羅，裹粉油炸的蝦或魚等
	□ ステーキ【steak】	烤肉（排）料理，多指牛排
	□ 湯	開水
	□ コーヒーカップ 【coffeecup】	咖啡杯
	□ 噛む	咬
	□ 頂く・戴く	吃；喝；抽（菸）
	□ 味	味，味道
	□ ジャム【jam】	果醬
	□ 味噌	味噌，黃醬，大醬，豆醬
	□ ケーキ【cake】	蛋糕，洋點心，西洋糕點
	□ うまい	美味，可口，好吃，好喝，香
	□ 苦い	苦的，苦味的

IIII もんだい4 Reading

Track 05

つぎの（1）から（4）の文章を読んで、質問に答えてください。答えは、1・2・3・4から、いちばんいいものを一つえらんでください。

（1）

　きょう、日本語のクラスを決めるためのテストがありました。取った点数で、入るクラスが決まります。80点以上の人はクラスＡ、79点〜60点はクラスＢ、59点〜30点はクラスＣ、29点以下はクラスＤです。わたしはもう1年も日本語を勉強しているので、クラスＢに入りたかったのですが、3点足りなくて入ることができませんでした。2か月後のテストで、また頑張りたいと思います。

26 この人はきょうのテストで何点取りましたか。

1　77点
2　57点
3　27点
4　3点

(2)　　　　　　　　　　　　　　　　　Track 06

　わたしの母は掃除が好きで、毎日どこかを掃除しています。でも、毎日、家中全部を掃除するのではなくて、月・水・金は玄関と台所、火・土はトイレ、木・日はおふろと庭、というように、何曜日にどこを掃除するか決まっています。わたしも時々手伝います。父は、家の掃除はあまり手伝ってくれませんが、月に2回ぐらい車を洗います。そのときは、わたしもいっしょに自分の自転車を洗います。

27　この人のお母さんがいちばんよく掃除するところはどこですか。

　1　家中全部

　2　玄関と台所

　3　トイレ

　4　車と自転車

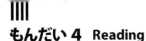

もんだい 4　Reading

(3)
Track 07

これは、林さんから楊さんに届いたメールです。

> 楊さん
>
> 　あしたの夕方、黄さんといっしょに、カラオケに行きます。池袋の店に行こうと思っていますが、もしかしたら、新宿のほうにするかもしれません。
>
> 　カラオケの店では部屋を借ります。中では、飲んだり、食べたりもできます。前に行ったことがある黄さんの話では、外国の歌のカラオケもあるそうですよ。
>
> 　楊さんもいっしょに行きませんか。
>
> 　このメールを読んだら、返事をください。
>
> 林

28　あした、林さんが行くカラオケの店はどんな店ですか。

1　カラオケの店は池袋にしかありません。
2　外国の歌のカラオケもあるかもしれません。
3　部屋の中では歌うことしかできません。
4　外国の歌を歌うこともできます。

(4)

　もしもし、伊藤さんですか。田中です。あした、仕事のあと、会う約束でありましたよね。わたしが伊藤さんを迎えに行こうと思ったんですが、伊藤さんの会社の場所がよくわかりません。すみませんが、駅前のデパートまで出て来てもらえますか。わたしはあしたは早く仕事が終わるので、先に買い物するつもりです。そのあとは、デパートの喫茶店で本でも読んで待っていますので、仕事が遅くなるようでしたら、6時ごろに一度お電話ください。よろしくお願いします。

29 田中さんはあした、伊藤さんとどこで会おうと思っていますか。

1 駅前のデパート

2 伊藤さんの会社

3 駅

4 田中さんの会社

つぎの(1)から(4)の文章を読んで、質問に答えてください。答えは、1・2・3・4から、いちばんいいものを一つえらんでください。

---

(1)

　きょう、日本語のクラスを決めるためのテストがありました。取った点数で、入るクラスが決まります。80点以上の人はクラスA、**79点〜60点はクラスB**、59点〜30点はクラスC、29 ◁ 關鍵句

└文法詳見 P48

点以下はクラスDです。わたしはもう1年も日本語を勉強しているので、**クラスBに入りたかったのですが、3点足りなくて** ◁ 關鍵句

└文法詳見 P48

入ることができませんでした。2か月後のテストで、また頑張りたいと思います。

26　この人はきょうのテストで何点取りましたか。

1　77点

2　57点

3　27点

4　3点

☐ クラス【class】 班級
☐ 決める 做決定
☐ 取る 考取；拿
☐ 点数 分數
☐ 決まる 決定
☐ 〜点 …分
☐ 以上 以上

☐ 以下 以下
☐ 足りる 足夠
☐ 頑張る 加油；努力

請閱讀下列（１）～（４）的文章並回答問題。請從選項１・２・３・４當中選出一個最恰當的答案。

（1）

　　今天有一場為了決定日文分班而舉行的考試。依照分數，決定進入的班級。拿到 80 分以上的人是 A 班，79 ～ 60 分是 B 班，59 ～ 30 分是 C 班，29 分以下是 D 班。我已經唸了一年的日語，所以想進去 B 班，可是差 3 分，沒有辦法進去。兩個月後的考試，我想再接再厲。

Answer **2**

26 請問這個人今天的考試拿了幾分呢？

1　77 分
2　57 分
3　27 分
4　3 分

選項 1「77 分」。如果這個人的分數是77分，則本來就已經能夠進入 B 班「79点～60点」，而不會差3分。因此，這個選項不符合描述中「3点足りなくて」（差3分）的情況。

選項 2「57分」。根據描述「クラスBに入りたかったのですが、3点足りなくて」（想進入B班但差3分），最低分數進入B班的門檻是60分。所以如果他得到57分，則正好符合差3分無法進入B班的情況。

選項 3「27分」。27分遠低於進入 B 班（60分）的要求，甚至低於 C 班的最低分數（30分），這遠超過「3点足りなくて」（差3分）的範圍。

選項 4「3分」。3分遠遠不足以考慮進入任何班級，這個選項與描述不符，因為他表達的是差3分無法進入B班，而不是幾乎沒有得分。

　　「ため」(為了…)前面接動詞辭書形或是「名詞＋の」，表示目的。「時間／數量＋も」用來強調數量很多、程度很高。「～たいと思う」(我想…)表示說話者有某個想法、念頭，想去做某件事情，比起「～(よ)うと思う」(我打算…)，態度比較不積極。

---

(2)

　わたしの母は掃除が好きで、毎日どこかを掃除しています。

でも、毎日、家中全部を掃除するのではなくて、**月・水・金** ← 關鍵句

は玄関と台所、火・土はトイレ、木・日はおふろと庭、 という

ように、何曜日にどこを掃除するか決まっています。わたしも

時々手伝います。父は、家の掃除はあまり<u>手伝ってくれません</u>

└文法詳見 P48

が、月に2回ぐらい車を洗います。そのときは、わたしもいっ

しょに自分の自転車を洗います。

---

27 この人のお母さんがいちばんよく掃除す

るところはどこですか。

1　家中全部

2　玄関と台所

3　トイレ

4　車と自転車

□ 掃除　打掃
□ 家中　家裡全部
□ 玄関　玄關
□ 台所　廚房

□ おふろ　浴室
□ 庭　庭院
□ 手伝う　幫忙
□ 自転車　腳踏車

(2)

　　我的媽媽很喜歡打掃，她每天都在打掃某個地方。不過，她不是天天都打掃整個家裡，她一、三、五打掃玄關和廚房，二、六是廁所，四、日是浴室和庭院，像這樣，固定禮拜幾就打掃哪裡。我有時也會幫忙。爸爸雖然不太幫忙打掃家裡，但他一個月大概會洗兩次車，這時候我也會一起清洗自己的腳踏車。

Answer **2**

27 請問這個人的母親最常打掃的地方是哪裡？

1 家裡全部

2 玄關和廚房

3 廁所

4 汽車和腳踏車

選項1「家中全部」。文章中指出她並非每天都會打掃家中全部，而是按日程分區打掃，所以此選項不符。

選項3「廁所」。文章提到「火・土はトイレ」，母親在星期二和星期六打掃廁所，頻率較「玄関と台所」低，不是最常打掃的地方。

選項2「玄關和廚房」。根據描述「月・水・金は玄関と台所」，母親會在星期一、三、五打掃玄關和廚房，這3天的頻率高於其他地方，因此是母親最常打掃的地方。

選項4「汽車和腳踏車」。這是父親和作者的任務，兩人大概每月清洗兩次車。這不是母親的常規打掃範圍，且清洗頻率也較低。

　　「どこかを」(某地方)是「疑問詞＋か」的用法，表示不明確、不特定。「というように」(像這樣…)的前面是舉例、條列說明，後面做出結論或歸納。「決まっている」是指「有這樣的規則定律」。

　　表示頻率的常見副詞按照頻率高低排序，依序是「よく(時常)＞時々(有時)＞たまに(偶爾)＞あまり(很少)＞全然(完全不)」，要注意最後兩個的後面都接否定表現。「～てくれる」表示某人為己方做某件事，有感謝的語意。

(3)

これは、林さんから楊さんに届いたメールです。

楊さん

　あしたの夕方、黄さんといっしょに、カラオケに行きます。池袋の店に行こうと思っていますが、**もしかしたら、新宿のほうにするかもしれません。**
└文法詳見 P49
← 關鍵句

　カラオケの店では部屋を借ります。**中では、飲んだり、食べたりもできます。** 前に行ったことがある黄さんの話では、**外国の歌のカラオケもあるそうですよ。**
└文法詳見 P49
← 關鍵句
← 關鍵句

　楊さんもいっしょに行きませんか。

　このメールを読んだら、返事をください。
└文法詳見 P50

林

□ 池袋 池袋
□ もしかしたら 或許；該不會
□ 新宿 新宿
□ ほう 那裡；那一帶
□ かもしれない 也許；可能
□ 借りる 借〈入〉
□ 読む 看；讀

28 あした、林さんが行くカラオケの店はどんな店ですか。

1 カラオケの店は池袋にしかありません。
2 外国の歌のカラオケもあるかもしれません。
3 部屋の中では歌うことしかできません。
4 外国の歌を歌うこともできます。

(3)

　　這是一封林同學寫給楊同學的電子郵件。

楊同學

　　明天傍晚，我要和黃同學一起去唱KTV。我打算去池袋店，不過或許會去新宿那邊也説不定。

　　我們要在KTV租包廂，在裡面可以吃吃喝喝。黃同學有去過，他説那裡也有外國的歌曲。

　　楊同學你要不要一起去呢？

　　看到這封電子郵件，請回覆我。

林

補充單字 傳達與通知

- □ 返事 回答，回覆
- □ 電報 電報
- □ 届ける 送達；送交
- □ 送る 寄送；送行
- □ 知らせる 通知，讓對方知道
- □ 伝える 傳達，轉告
- □ 連絡 聯繫，聯絡
- □ 尋ねる 打聽；詢問
- □ 調べる 調查；檢查

Answer 4

28 請問明天林同學要去的KTV是什麼樣的店呢？

1 KTV只有池袋才有。

2 可能也有外國歌曲。

3 在包廂中只能唱歌。

4 也可以唱外國歌曲。

選項3「在包廂中只能唱歌」。文中明確指出「中では、飲んだり、食べたりもできます」（包廂內可以喝東西、吃東西），這表示除了唱歌外，還可以進行其他活動，所以這個選項不正確。

選項4「也可以唱外國歌曲」。根據文中「外国の歌のカラオケもあるそうですよ」（聽説有外國歌曲），這句話確認了KTV店有提供外國歌曲，所以這個選項正確描述了店裡的特點。

「～(よ)うと思う」(打算…)表示説話者積極地想採取某種行動。「もしかしたら」(可能…)用在語氣不確定的時候，表示有某種可能。「～にする」表示做出決定或是選擇某項事物。「～たことがある」(…過)表示過去曾經有某種經驗。「～たら」(如果…就…)表示條件，如果前項發生就可以採取後項行為，「たら」遇上「読む」會起音便變成「だら」。

選項1「KTV只有池袋才有」。文中提到「池袋の店に行こうと思っていますが、もしかしたら、新宿のほうにするかもしれません」（本想去池袋的店，但也許會改去新宿的），顯示KTV店不只在池袋，也可能在新宿，因此這個選項不正確。

選項2「可能也有外國歌曲」。雖然黃同學的話提供了外國歌曲的信息，這個選項用了「かもしれません」來表達不確定性，但是已經有足夠證據説明確實有外國歌曲，所以這個説法過於曖昧，不夠精確。

---

(4)

　もしもし、伊藤さんですか。田中です。あした、仕事のあと、会う約束でしたよね。**わたしが伊藤さんを迎えに行こうと** ◁─ 關鍵句
思ったんですが、伊藤さんの会社の場所がよくわかりません。
すみませんが、駅前のデパートまで出て来てもらえますか。 わたしはあしたは早く仕事が終わるので、先に買い物するつもりです。〔文法詳見 P50〕 そのあとは、デパートの喫茶店で本でも読んで待っていますので、仕事が遅くなるようでしたら、6時ごろに一度お電話ください。〔文法詳見 P51〕 よろしくお願いします。

---

29 田中さんはあした、伊藤さんとどこで会おうと思っていますか。

1　駅前のデパート

2　伊藤さんの会社

3　駅

4　田中さんの会社

□ もしもし 〈電話裡的應答聲〉喂？

□ 約束 約會；約定

□ 迎える 〈迎〉接

□ 仕事 工作

□ 終わる 結束

□ 先に 先…

□ デパート【department store之略】百貨公司

(4)

　　喂？請問是伊藤先生嗎？我是田中。我們約了明天下班後要見面對吧？我想去接伊藤先生您，不過，我不太清楚貴公司的位置。不好意思，可以請您到車站前的百貨公司嗎？我明天工作會提早結束，打算先去買東西，之後我想在百貨公司的咖啡廳看看書等您，所以如果您可能會晚下班的話，請先在6點左右給我一通電話。麻煩您了。

Answer **1**

29 請問田中先生明天打算要在哪裡和伊藤先生碰面呢？

1　車站前的百貨公司
2　伊藤先生的公司
3　車站
4　田中先生的公司

選項1「車站前的百貨公司」。對話中田中先生說「すみませんが、駅前のデパートまで出て来てもらえますか。」（能麻煩你到車站前的百貨公司來嗎？），這明確指出他們計劃在百貨公司附近會面。這是文中直接提到的會面地點。

選項3「車站」。雖然提到了「駅前のデパート」（車站前的百貨公司），但這不是在車站內，而是在車站附近的百貨公司，因此這個選項並不精確。

選項4「田中先生的公司」。文中沒有提及田中先生，希望在自己公司會面的信息。

選項2「伊藤先生的公司」。田中先生提到他不確定伊藤先生公司的具體位置「伊藤さんの会社の場所がよくわかりません」，所以沒有選擇在公司會面。

　　「会う約束でしたよね」的「よね」放在句尾表示確認。「〜(よ)うと思う」（打算…）表示說話者積極地想採取某種行動。「〜てもらえるか」（可否請你…）是從「〜てもらう」（請…）變來的，用來詢問對方能不能做某件事情。

　　「〜つもりだ」（打算…）表示說話者預定要做某件事情，和「〜(よ)うと思う」不同的是，「つもり」帶有計畫性。「〜ようだ」（似乎…）在這邊表示推測，帶有「依據觀察到的情形，覺得…」的意思。

⚡ **文法と萬用句型**

【名詞の；動詞辭書形】＋ため（に）。表示為了某一目的，而有後面積極努力的動作、行為，前項是後項的目標。

❶ ＿＿＿＋ため（に）

以…為目的・做…、為了…；因為…所以…

例句 私は、彼女のためなら何でもできます。

只要是為了她，我什麼都辦得到。

〔替換單字・短句〕

□ **勝つ** 勝利

□ **トップになる** 成為第一

【名詞の；［動詞・形容詞］普通形；形容動詞詞幹な】＋ため（に）。表示由於前項的原因，引起後項的結果。

例句 体が痛いため、私は行きません。

因為身體疼痛，所以我不去了。

〔替換單字・短句〕

□ **台風の** 颱風來襲

□ **面倒な** 很麻煩

【數量詞】＋も。前面接數量詞，用在強調數量很多、程度很高的時候，或表示實際的數量或次數並不明確，但說話者感覺很多。

❷ ＿＿＿＋も 多達…

例句 私はもう30年も小学校の先生をしています。

我已經擔任小學教師長達 30 年了。

【動詞て形】＋くれる。表示他人為我，或為我方的人做前項有益的事，用在帶著感謝的心情接受別人的行為時。

❸ ＿＿＿＋てくれる （為我）做…

例句 同僚がアドバイスをしてくれた。

同事給了我意見。

〔替換單字・短句〕

□ **手伝って** 幫助

□ **仕事のやり方を教えて** 教（我）工作的作法

4 ＿＿＿＿＋（よ）うとおもう

我想…、我要…

例句 水泳を習おうと思っている。

我想學游泳。

> 【動詞意向形】＋（よ）う
> とおもう。表示說話人告訴
> 聽話人，說話當時自己的想
> 法、打算或意圖，動作實現
> 的可能性很高。

---

5 ＿＿＿＿＋にする　決定…、叫…

例句 この黒いオーバーにします。

（我）要這件黑大衣。

> 【名詞；副助詞】＋にする。常
> 用於購物或點餐時，決定
> 買某樣商品。或表示抉擇，
> 決定、選定某事物。

〔替換單字・短句〕

□ あの青いスニーカー 那雙藍色運動鞋

□ リーダーは山中さん （選）山中先生
　為領袖

□ 結婚はしないこと （決定）不結婚

---

6 ＿＿＿＿＋たことがある　曾…過

例句 僕はUFOを見たことがあるよ。

我有看過 UFO 喔。

> 【動詞過去式】＋たことが
> ある。表示經歷過某個特
> 別的事件，且事件的發生
> 離現在已有一段時間。或
> 指過去的一般經驗。

〔替換單字・短句〕

□ 日本に行った 去過日本

□ 天ぷらを食べた 吃過天婦羅

【[名詞・形容詞・形容動詞・動詞] た形】＋ら。表示假定條件，當實現前面的情況時，後面的情況就會實現。

7 　　　　　＋たら

要是…;如果要是…了、…了的話

例句 一億円があったら、このマンションを買います。

要是有一億圓的話，我就買這間公寓房子。

〔替換單字・短句〕
- □ 結婚した　結婚
- □ もう少し安かった　再便宜一點

表示確定條件，知道前項一定會成立，以其為契機做後項。

例句 20歳になったら、お酒が飲める。

到了 20 歲的話，就能喝酒了。

〔替換單字・短句〕
- □ 祭の日だった　如果是節慶日
- □ 体が丈夫だった　身體健康

【動詞辭書形】＋つもりだ。表示說話人的意志、預定、計畫等，也可以表示第三人稱的意志。有說話人的打算是從之前就有，且意志堅定的語氣。

8 　　　　　＋つもりだ　打算…、準備…

例句 会社を休むつもりです。

打算向公司請假。

〔替換單字・短句〕
- □ 勉強を続ける　繼續學習
- □ 仕事をやめる　辭職

❾ 　　　　＋ようだ

像…一樣的、如…似的；好像…

例句 後藤さんは、お肉がお好きなようです。

後藤先生似乎喜歡吃肉。

〔替換單字・短句〕
□ **先生の** 是老師
□ **優しい** 很溫柔
□ **お金がある** 很有錢

> 【名詞の；形容動詞詞幹な；［形容詞・動詞］普通形】＋ようだ。用在説話人從各種情況，來推測人或事物是後項的情況，通常是説話人主觀、根據不足的推測。

例句 彼に会えるなんて、まるで夢のようだ。

和他見面，簡直像夢一樣。

〔替換單字・短句〕
□ **嘘の** 騙人的
□ **夢を見ている** 作夢
□ **金メダルを取れた** 得到金牌一樣（開心）

> 【名詞の；動詞辭書形；動詞た形】＋ようだ。把事物的狀態、形狀、性質及動作狀態，比喻成一個不同的其他事物。

⚡ **小知識大補帖**

▶ 卡拉 OK 小知識

　　「カラオケ」（卡拉 OK、KTV）原來是指「無人樂隊」。早期在日本，它是一種歌唱活動，後來演變成有音樂伴奏，電視螢幕上顯示節拍提示的歌詞，成為深受喜愛的大眾娛樂活動。

　　日本的「カラオケ」其實跟台灣的差不多，但比台灣的低調一點。無論是上班族、同學，還是教授和學生，都會相約一起去唱歌。就像喝酒一樣，「カラオケ」是一個拉近人與人之間距離的好方法。下次有機會，不妨邀請朋友一起去日本的卡拉 OK 體驗一下吧！你會發現，這裡的 K 歌氛圍同樣充滿了樂趣和驚喜。

常用的表達關鍵句

* {　} 內也可自行帶入其他詞彙、短句喔！

01 表示經歷、經驗

→ {社外にメールを送} ることがある／有時 {會傳郵件給公司以外的機構}。

→ {育児で泣い} たことがある／曾經 {在育兒時崩潰大哭} 過。

→ {いろんな理由で連絡し} ないことがある／有時 {會因為各種原因而} 沒有 {聯繫}。

02 表示決心、打算

→ {彼らは世界を変え} ようとしています／{他們} 正想要 {改變這個世界}。

→ {夏休みに友達と国内旅行を} する予定です／{暑假} 預計要 {和朋友一起去國內旅遊}。

→ {新しい恋を探} そうと思います／我想去 {尋找新的戀情}。

→ {スペイン語の入門講座を受け} ようと思います／我打算 {參加西班牙文的入門課程}。

→ {夏休みの間に、一学期の復習をする} つもりです／我打算 {在暑假期間將第一學期的課業複習過一輪}。

→ {彼はテストを受け} ないつもりです／{他} 不打算 {應考}。

→ {メールには必ず件名を入れる} ようにします／{電子郵件務必} 要 {輸入主旨}。

→ {ゲームを長時間やって、なかなかやめ} ようとしません／{打了大半天的電動，遲遲} 沒有要 {停下的跡象}。

→ {気持ちは折れ} ないようにします／{讓自己} 不要 {這麼容易感到心碎}。

03 表示委婉表現

→ {読書はとても大切だ} と思う／我認為 {讀書的重要性不可忽視}。

→ {日曜日は、車の事故が多い} ように思う／我覺得 {星期日汽車事故特別多}。

052

關鍵字記單字

▶關鍵字	▶▶▶單字	
<ruby>努<rt>つと</rt></ruby>める 盡力	□ なるべく	盡量，盡可能
	□ <ruby>出来<rt>で き</rt></ruby>るだけ	盡量地；盡可能地
	□ <ruby>熱心<rt>ねっしん</rt></ruby>	(對人或事物)熱心；熱誠；熱情
	□ <ruby>一生懸命<rt>いっしょうけんめい</rt></ruby>	拼命地，努力，一心，專心
	□ <ruby>払<rt>はら</rt></ruby>う	傾注心思；表示(尊敬)；加以(注意)
	□ <ruby>頑張<rt>がんば</rt></ruby>る	堅持，拼命努力；加油，鼓勁；不甘落後；不甘示弱

<ruby>助<rt>たす</rt></ruby>ける 幫助	□ ヘルパー【helper】	幫手，助手
	□ <ruby>手伝<rt>て つだ</rt></ruby>い	幫忙，幫助
	□ <ruby>手伝<rt>て つだ</rt></ruby>う	幫忙，幫助
	□ <ruby>構<rt>かま</rt></ruby>う	照顧，照料；招待

<ruby>決<rt>き</rt></ruby>める 斷定、約定、規定	□ きっと	一定
	□ <ruby>決<rt>けっ</rt></ruby>して	絕對(不)，斷然(不)
	□ <ruby>必<rt>かなら</rt></ruby>ず	一定，必定，必然，註定，準
	□ <ruby>予定<rt>よ てい</rt></ruby>	預定
	□ <ruby>約束<rt>やくそく</rt></ruby>	約，約定，商定，約會
	□ <ruby>規則<rt>き そく</rt></ruby>	規則，規章，章程
	□ <ruby>決<rt>き</rt></ruby>まる	決定勝負
	□ <ruby>決<rt>き</rt></ruby>まる	決定，規定
	□ <ruby>決<rt>き</rt></ruby>める	定，決定，規定；指定；選定；約定；商定

<ruby>迎<rt>むか</rt></ruby>える 迎接、接待	□ ようこそ	歡迎，熱烈歡迎
	□ <ruby>歓迎会<rt>かんげいかい</rt></ruby>	歡迎宴會，歡迎會
	□ <ruby>応接間<rt>おうせつ ま</rt></ruby>	客廳，會客室；接待室
	□ <ruby>迎<rt>むか</rt></ruby>える	迎接；歡迎；接待

もんだい 4 Reading

Track 09

つぎの（1）から（4）の文章を読んで、質問に答えてください。答えは、1・2・3・4から、いちばんいいものを一つえらんでください。

（1）

　ホテルの部屋から電話をかける場合、ホテルがある京都市内とそれ以外とでは、料金が違います。京都市内にかける場合は、3分10円です。京都市以外のところにかける場合は、3分80円です。外国へかける場合は、1分200円かかります。部屋の電話を使った方は、チェックアウトのときに、フロントで電話代を払ってください。電話のかけ方など、わからないことがあったら、いつでもフロントに聞いてください。

26　ホテルの部屋から、大阪市にいる妹に3分、アメリカの友だちにも3分、電話をかけました。いくら電話代を払いますか。

1　10円

2　80円

3　280円

4　680円

(2)

　英語に「ジューンブライド」ということばがあります。「6月の花嫁」という意味で、西洋では、6月に結婚した女性は幸せになると言われています。しかし、6月に雨の多い日本では、6月の結婚はあまり多くなく、下から5番目だそうです。日本で結婚する人がいちばん多いのは3月で、その次に多いのは11月、さらにその次に多いのは10月です。反対に少ないのは1月、8月、9月で、天気のいい春や秋に結婚する人が多く、寒い冬や暑い夏は少ないことがわかります。

27 日本で、結婚する人が3番目に多いのは何月ですか。

1 11月

2 10月

3 3月

4 1月、8月、9月

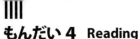

(3)

Track 11

市民プールの入り口に、このお知らせがあります。

市民プールのご利用について

・プールの利用時間は午前9時から午後5時までです。

・毎週月曜日は休みです。

・料金は1回2時間までで400円です。

・11回ご利用できる回数券を4000円で買うことができます。

・先に準備運動をしてから入りましょう。

・先にシャワーを浴びてから入りましょう。

・お酒を飲んだあとや、体の具合がよくないときは、入ってはいけません。

---

28 このお知らせから、市民プールについてわかることは何ですか。

1 学校が休みの日は、市民プールは使えません。

2 12回利用したい場合、回数券を買うとお金は全部で4,800円かかります。

3 400円で何時間でも泳ぐことができます。

4 酔っている人や病気の人は入ってはいけません。

(4)   Track 12

　このお店では、100円の買い物をすると、ポイントが1点もらえます。ポイントを集めると、プレゼントをもらうことができます。5点集めるとコップ、10点ならお皿、20点ならお弁当箱を入れる袋、25点ならお弁当箱がもらえます。今、いちばん人気があるのはお弁当箱で、特に幼稚園や小学生の子どもはみんなこれをほしがります。

29　今、ポイントが18点あります。娘のためにお弁当箱をもらいたいと思います。あといくらの買い物をしないといけませんか。

　　1　100円

　　2　200円

　　3　500円

　　4　700円

もんだい4 Reading

つぎの(1)から(4)の文章を読んで、質問に答えてください。答えは、1・2・3・4から、いちばんいいものを一つえらんでください。

---

(1)

　ホテルの部屋から電話をかける場合、ホテルがある京都市内とそれ以外とでは、料金が違います。京都市内にかける場合は、3分10円です。**京都市以外のところにかける場合は、3分** ⟩關鍵句 **80円です。外国へかける場合は、1分200円かかります。** 部屋の電話を使った方は、チェックアウトのときに、フロントで電話代を払ってください。電話のかけ方など、わからないことがあったら、いつでもフロントに聞いてください。

└文法詳見 P66

---

26 ホテルの部屋から、大阪市にいる妹に3分、アメリカの友だちにも3分、電話をかけました。いくら電話代を払いますか。

1　10円　　　　2　80円

3　280円　　　4　680円

□ 電話をかける　打電話　　　□ 電話代　電話費
□ ホテル【hotel】飯店　　　□ 妹　妹妹
□ 京都　京都
□ 市内　市區
□ 以外　以外
□ 料金　費用
□ チェックアウト
　　【checkout】退房
□ フロント【front】櫃台

請閱讀下列（1）～（4）的文章並回答問題。請從選項1・2・3・4當中選出一個最恰當的答案。

（1）

　　若從飯店的房間撥電話出去，撥給飯店所在的京都市區的費用和其他地方是不同的。撥到京都市區是3分鐘10圓。撥到京都市以外的地區，3分鐘80圓。國際電話一分鐘的花費是200圓。使用房間電話的貴賓請在退房時至櫃台繳交電話費。如果有不明白的地方，如電話撥打方式等，敬請隨時詢問櫃台。

Answer **4**

26　從飯店分別打給住在大阪市的妹妹以及人在美國的朋友，各講了3分鐘的電話。請問電話費要付多少錢？

1 10圓　　　**2** 80圓

3 280圓　　**4** 680圓

選項1「10圓」。這個選項只考慮了京都市內的費率，但根據題目，涉及到的是京都市外和國外通話，因此這個選項不正確。

選項2「80圓」。此選項僅計算了大阪市（京都市以外）的費用，但沒有包含到美國的通話費用。因此這個選項也不正確。

選項3「280圓」。此選項似乎是（京都市以外）加上（國外）的1分鐘費用。但美國的通話費用應該是600圓（200圓×3分鐘），而非200圓。

選項4「680圓」。此選項計算了大阪市（京都市以外）的80圓和美國（國外）的600圓（200圓×3分鐘）。這正確匹配了題目的條件和設定。

(2)

　英語に「ジューンブライド」ということばがあります。「6月の花嫁」という意味で、西洋では、6月に結婚した女性は幸せになると言われています。しかし、6月に雨の多い日本では、6月の結婚はあまり多くなく、下から5番目だそうです。**日本で結婚する人がいちばん多いのは3月で、その次に多いの**＜ 關鍵句 **は11月、さらにその次に多いのは10月です。** 反対に少ないのは1月、8月、9月で、天気のいい春や秋に結婚する人が多く、寒い冬や暑い夏は少ないことがわかります。

└文法詳見 P66

---

27 日本で、結婚する人が3番目に多いのは何月ですか。

1　11月

2　10月

3　3月

4　1月、8月、9月

□ 英語 英文

□ ジューンブライド【June bride】 6月新娘

□ ことば 語詞

□ 花嫁 新娘

□ 西洋 西洋

□ 幸せ 幸福

□ ～番目 第…個

□ 反対に 相對地

(2)

　　英文裡面有個字叫「June bride」，意思是「6月新娘」，在西洋，傳說6月結婚的女性會獲得幸福。可是，在6月多雨的日本，選在6月結婚的人並不太多，聽說6月是舉辦婚禮月份排名中的倒數第5名。在日本最多人結婚的月份是3月，再來是11月，接在其後的是10月，反之，較少人結婚的是1月、8月、9月，由此可知選在天氣較好的春天、秋天結婚的人較多，在寒冬或炎夏結婚的人則為少數。

Answer **2**

27 在日本，結婚人數第3多的月份是幾月？

1　11月

2　10月

3　3月

4　1月、8月、9月

選項1「11月」。此為日本結婚人數的第2多的月份，不是第3多。因此，這個選項不正確。

選項2「10月」。根據原文中的描述「日本で結婚する人がいちばん多いのは3月で、その次に多いのは11月、さらにその次に多いのは10月です」，這表明10月是日本結婚人數第3多的月份。因此，這個選項是正確的。

選項4「1月、8月、9月」。這些月份中結婚人數較少，根據原文的排序，它們位於排名最後，因此這些月份不是第3多的月份。因此，這個選項也不正確。

　「～と言われている」（據說…）表示很多人都這樣說。「しかし」和「でも」一樣都是逆接的接續詞，用來表示接下來的內容和前面提到的不同，只是「しかし」的語感比較生硬，是文章體。

選項3「3月」。3月是日本結婚人數最多的月份，不是第3多。所以，這個選項不正確。

(3)

市民プールの入り口に、このお知らせがあります。

市民プールのご利用について

・プールの利用時間は午前9時から午後5時までです。

・毎週月曜日は休みです。 ← 關鍵句

・料金は1回2時間までで400円です。 ← 關鍵句

・11回ご利用できる回数券を4000円で買うことができます。 ← 關鍵句
　　　　　　　　　　　　　└文法詳見 P67

・先に準備運動をしてから入りましょう。

・先にシャワーを浴びてから入りましょう。

・お酒を飲んだあとや、体の具合がよくないときは、入っ ← 關鍵句
てはいけません。
└文法詳見 P67

□ ~回 …次
□ 回数券 回數票
□ 準備運動 暖身運動
□ 休みの日 休假日
□ 泳ぐ 游泳
□ 酔う 酒醉
□ 病気 生病

28 このお知らせから、市民プールについて
わかることは何ですか。

1 学校が休みの日は、市民プールは使えま
せん。

2 12回利用したい場合、回数券を買うとお
金は全部で4,800円かかります。

3 400円で何時間でも泳ぐことができます。

4 酔っている人や病気の人は入ってはいけ
ません。

(3)

市民游泳池的入口有這張公告。
市民游泳池的使用注意事項
· 游泳池開放時間是上午 9 點到下午 5 點。
· 每週一公休。
· 費用是一次兩小時，400 圓。
· 可以購買回數票，11 次 4000 圓。
· 請先做好暖身運動再下水。
· 請先沖澡再下水。
· 飲酒後或身體不適時，請勿下水。

補充單字 理解

□ ～について 關於
□ なるほど 的確；原來如此
□ 経験 經驗，經歷
□ 説明 説明
□ 承知 知道；接受
□ 受ける 接受；受到
□ 構う 在意，理會
□ 嘘 謊話；不正確

Answer **4**

28 根據這張公告，請問可以知道有關市民游泳池的什麼事呢？

1 學校放假時，不能使用市民游泳池。
2 如果想游 12 次，買回數票一共要付 4800 圓。
3 花 400 圓可以不限時間的暢游。
4 酒醉或生病的人不能下水。

選項1「學校放假時，不能使用市民游泳池」。公告中提到休息日是每週一，沒有提及學校放假日（通常是週末或特定假日）。因此，這個選項不正確。

選項2「如果想游12次，買回數票一共要付4800圓」。根據公告，回數券4000圓可以使用11次。若使用12次，需要再支付400圓，總計4400圓，而非4800圓。因此，這個選項也不正確。

選項3「花400圓可以不限時間的暢游」。公告明確指出每次入場費400圓僅限 2 小時。因此，這個選項描述不正確。

選項4「酒醉或生病的人不能下水」。這是公告中的直接規定，與公告完全一致，故這個選項是正確的。

「～ことができる」(可以…)用來表示有能力、有辦法去完成某件事情。「～てはいけない」(不可以…)表示強烈禁止。

---

(4)

　このお店では、**100円の買い物をすると、ポイントが1点も** <　關鍵句
　　　　　　　　　　　　　　└文法詳見 P67
らえます。 ポイントを集めると、プレゼントをもらうことがで

きます。5点集めるとコップ、10点ならお皿、20点ならお弁当

箱を入れる袋、**25点ならお弁当箱がもらえます。** 今、いちばん <　關鍵句

人気があるのはお弁当箱で、特に幼稚園や小学生の子どもはみ

んなこれをほしがります。
　　　　　　└文法詳見 P67

29　今、ポイントが18点あります。娘のため
　　　にお弁当箱をもらいたいと思います。あ
　　　　　　　　　　　　　　　　└文法詳見 P68
　　　といくらの買い物をしないといけません

　　　か。

　　1　100円

　　2　200円

　　3　500円

　　4　700円

□ ポイント【point】點數　　　□ 娘 女兒

□ もらう 得到

□ 集める 收集

□ プレゼント【present】
　　禮物

□ 弁当箱 便當盒

□ 幼稚園 幼稚園

□ 小学生 小學生

□ ほしがる 想要

(4)

　　本店消費 100 圓可以得到 1 點。收集點數可以兌換贈品。5 點可以換杯子，10 點可以換盤子，20 點可以換便當袋，25 點可以換便當盒。現在最受歡迎的是便當盒，特別是幼稚園和國小的孩童，大家都很想要這個。

Answer **4**

29 我到目前為止收集了18點。我想換便當盒給我的女兒，請問還要消費多少錢才行呢？

1 100 圓
2 200 圓
3 500 圓
4 700 圓

選項1「100圓」。如果再消費100圓，將獲得 1 點積分，使總積分達到19點。這仍然不足以換取便當盒，因此這個選項不正確。對應日文：「100円の買い物をすると、ポイントが1点もらえます」（消費100圓，可獲得 1 點積分）。

選項4「700圓」。消費700圓可獲得 7 點積分，這使總積分達到25點，剛好足夠換取便當盒。因此，這個選項是正確的。對應日文：「25点ならお弁当箱がもらえます」（如果有25點，可以獲得便當盒）和25－18＝7，這說明還需要7點積分，每100圓購物獲得 1 點，因此需要再消費700圓。

選項2「200圓」。消費200圓可獲得 2 點積分，總積分將達到20點，依然不足以換取便當盒，因此這個選項也不正確。

　　「動詞辞書形＋と」（一…就…）表示前項動作一發生，後項事物就會立刻成立，常用在說明自然現象、路線、習慣、使用方法。「ほしがる」（想要…）用在第三人稱表示欲望，也可以說「ほしがっている」，第一人稱則是用「ほしい」。

選項3「500圓」。消費500圓可獲得 5 點積分，總積分將達到23點，仍不足以換取便當盒，所以這個選項不正確。

📝 文法と萬用句型

【［名詞・形容詞・形容動詞・動詞］た形】＋ら。 表示假定條件，當實現前面的情況時後面的情況就會實現。

❶ ◻◻◻＋たら

要是…；如果要是…了…了的話

例句 いい天気だったら、富士山が見えます。

要是天氣好，就可以看到富士山。

表示確定條件，知道前項一定會成立，以其為契機做後項。

例句 宿題が終わったら、遊びに行ってもいいですよ。

等到功課寫完了，就可以去玩了喔。

【名詞；普通形】＋という。前面接名詞，表示後項的人名、地名等名稱。

❷ ◻◻◻＋という　叫做…

例句 今朝、<u>光</u>という<u>人</u>から電話がかかって来ました。

今天早上，有個叫光的人打了電話來。

〔替換單字・短句〕
□ **朝日・会社** 朝日・公司

用於針對傳聞、評價、報導、事件等內容加以描述或説明。

例句 <u>強い地震が起きた</u>というニュースを見た。

看到發生了大地震的新聞。

〔替換單字・短句〕
□ **関東地方は梅雨入り** 關東地區進入梅雨季
□ **ロボットが自殺した** 機器人自殺了

3 ＿＿＿＋ことができる 能…、會…

〔例句〕 屋上^{おくじょう}でテニスをやることができます。

在屋頂上可以打網球。

〔替換單字・短句〕
□ バーベキューをする 烤肉
□ 洗濯物^{せんたくもの}を干^ほす 晾衣服

【動詞辭書形】＋ことができる。表示在外部的狀況、規定等客觀條件允許時可能做。或表示技術上、身體的能力上，是有能力做的。這種說法比「可能形」還要書面語一些。

---

4 ＿＿＿＋てはいけない

不准…、不許…、不要…

〔例句〕 人^{ひと}の失敗^{しっぱい}を笑^{わら}ってはいけない。

不可以嘲笑別人的失敗。

〔替換單字・短句〕
□ 弱^{よわ}いものを苛^{いじ}めて 欺負弱小
□ 庭^{にわ}を壊^{こわ}して 破壞庭院
□ ここに駐車^{ちゅうしゃ}して 在此停車

【動詞て形】＋はいけない。表示禁止，基於某種理由直接表示不能做前項事情。一般限於用在上司對部下、長輩對晚輩。也用在交通標誌、禁止標誌等。

---

5 ＿＿＿＋と 一…就

〔例句〕 このボタンを押^おすと、切符^{きっぷ}が出^でてきます。

一按這個按鈕，票就出來了。

【 名詞・形容詞・形容動詞・動詞] 普通形 (只能用在現在形及否定形)】＋と。表示陳述人和事物的一般條件關係，常用在機械的使用方法、自然的現象等情況。

---

6 ＿＿＿＋がる

覺得…、想要…

〔例句〕 妻^{つま}がきれいなドレスをほしがっています。

妻子很想要一件漂亮的洋裝。

【 形容詞・形容動詞] 詞幹 】＋がる。表示某人說了什麼話或做了什麼動作，而給說話人留下這種想法，「がる」的主體一般是第三人稱。

【名詞の；動詞辭書形】＋
ため（に）。表示為了某一
目的，而有後面積極努力的
動作、行為，前項是後項的
目標。

【名詞の；［動詞・形容詞］
普通形；形容動詞詞幹な】＋
ため（に）。表示由於前項
的原因，引起後項的結果。

7 ＿＿＿＿＋ため（に）

以…為目的，做…、為了…；因為…所以…

例句 世界を知るために、たくさん旅行をした。

為了了解世界，到各地去旅行。

例句 指が痛いため、ピアノが弾けない。

因為手指疼痛而無法彈琴。

⊘ 小知識大補帖

▶寂寞商機：日本的未婚現象和婚活熱潮

根據 2010 年日本政府的統計數據，25 歲至 29 歲的女性未婚率約為 60%。這個現象與以下幾個因素有關：

1. 社会進出（外出工作）：更多女性進入職場，婚姻不再是她們的唯一選擇。
2. 収入格差（貧富差距）：經濟條件的要求讓一些女性難以找到理想的對象。
3. 独身主義（單身主義）：獨立自主的生活方式吸引了更多女性選擇單身。

為了解決想結婚卻找不到合適對象的問題，近年來「婚活」活動越來越流行，「婚活」是「結婚活動」的簡稱，也就是相親聯誼活動，主要有以下兩種形式：

1. 婚活サイト（婚活網站）：會員上傳「写真」（照片）和「プロフィール」（個人資料），主動與感興趣的對象聯繫。
2. 婚活パーティー（婚活宴會）：參加由業者組織的大型聯誼活動。

婚活為那些缺乏新的「出会い」（邂逅）機會，或「理想が高い」（要求過高）的單身人士提供了新的選擇。不再需要等待奇蹟般的偶遇，而是主動出擊尋找心儀對象。這樣一來，找到理想伴侶的機會就大大增加啦！也不用再期待轉角遇到愛了！

▶集點風潮

　　許多商店會定期推出「ポイント収集活動」（集點活動），顧客只要購物到一定的金額就能獲得點數，收集到的點數可以兌換獎品，有時候這些獎品甚至能「ブームを起こす」（帶動流行）。

　　當你沉迷於某項事物時，可以用句型「〜にはまる」（沉迷於…）來表示，這是「〜に夢中になる」的通俗用法，意思是熱衷到無法自拔。例如，沉迷於集點活動，可以說「最近ポイント収集にはまっている」（我最近沉迷於集點活動）。

所以下次別忘了拿著你的集點卡，享受購物和集點的雙重樂趣吧！

常用的表達關鍵句

＊{ } 內也可自行帶入其他詞彙、短句喔！

01 表示期望

→ {より使いやすくて軽いノートパソコンをほし} がっています／{他} 很想 {要一台更輕便、好操作的筆電}。

→ {市民に安心して新しい年を迎え} てほしい／希望 {市民們在春節期間都能安心過好年}。

→ {兄弟仲良く} なってほしい／希望 {跟兄弟姐妹的感情能更加和睦}。

→ {小鳥も、あなたの肩にとまり} たがっている／{就連鳥兒也} 想 {在你的肩上停留}。

→ {贈り物で皆さんにハッピーになっ} てもらいたい／希望 {這份禮物能讓大家開心}。

02 表示提示結論

→ {AとBの違い} が分かる／可以明白 {A和B的差異}。

03 表示提出疑問

→ {この記号} は何だろう／{這個記號} 究竟是什麼呢？

→ {自分がやるべき} ことは何か／什麼是 {自己該做的} 事呢？

→ なぜ {これ} は {売れるん} だろう／為什麼 {這樣商品} 會 {發燒熱賣} 呢？

→ {何が問題} だと言っているか／{作者} 提到的 {問題是什麼} 呢？

→ {授業で} どんな {ことを} しているか／{在課堂上都} 做哪些 {學習} 呢？

→ {今年の冬} はどんな {冬} だろう／{今年冬天} 會是怎樣的 {冬天} 呢？

→ {税金} はどのように {決められる} だろう／{稅金} 是如何 {被制定出來的} 呢？

→ {いくつかの意見} とあるが、例えばどんな {意見} か／{你說} 有 {一些意見}，舉例來說是什麼樣的 {意見} 呢？

→ {代名詞} は何を指しているか／{代名詞} 指的是什麼呢？

關鍵字記單字

▶關鍵字 ▶▶▶單字

時
とき
時間、時候

□ 暫く しばら	暫時，暫且，一會兒，片刻；不久
□ 時 とき	（某個）時候
□ 此の頃 こ ごろ	近來，這些天來，近期；現在
□ この間 あいだ	最近；前幾天，前些時候
□ 今夜 こん や	今夜，今晚，今天晚上
□ 昔 むかし	從前，很早以前，古時候，往昔，昔日，過去
□ 時代 じ だい	古色古香，古老風味；顯得古老
□ 昼間 ひる ま	白天，白日，晝間
□ 場合 ば あい	場合；時候；情況

払う
はら
支付

□ 公共料金 こうきょうりょうきん	公共費，包括電費、煤氣費、水費、電話費等
□ 値段 ね だん	價格，價錢
□ レジ【register 之略】	現金出納員，收款員；現金出納機
□ キャッシュカード【cashcard】	現金卡
□ クレジットカード【creditcard】	信用卡
□ 払う はら	支付
□ 出す だ	出資；供給；花費

生む
う
生產、孕育

□ 女性 じょせい	女性，婦女
□ 男性 だんせい	男性，男子
□ 子 こ	子女
□ 親 おや	雙親；父母，父親，母親
□ 赤ちゃん あか	小寶寶，小寶貝，小娃娃，嬰兒
□ 赤ん坊 あか ぼう	嬰兒，乳兒，小寶寶，小寶貝，小娃娃

Track 13

つぎの（1）から（4）の文章を読んで、質問に答えてください。答えは、1・2・3・4から、いちばんいいものを一つえらんでください。

（1）

　陳さんの家の玄関に、郵便局からのメモが貼ってありました。

陳　永輝　様

　きょう、小包をお届けに来ましたが、家にだれもいらっしゃいませんでしたので、局に持ち帰りました。

　あしたの夕方、もう一度お届けします。

　もし、あしたも、家にいらっしゃらない場合は、局で預かることになりますので、お電話ください。

9月12日　さくら郵便局　　電話　03-1234-3456

26　陳さんはあしたも朝から出かけます。きょう、何をしたほうがいいですか。

1　家に早く帰ります。

2　家に電話します。

3　郵便局に行きます。

4　郵便局に電話します。

(2)

レストランの入り口に、このお知らせがあります。

レストラン・ケラケラ

★ イタリア料理のレストランです。おいしいピザやスパゲッティをどうぞ。

★ 昼は午前11時から午後2時まで、夜は午後6時から午後9時までです。（土・日は午後11時まで）

★ お酒は夜だけあります。

★ 駐車場はありません。電車やバスをご利用ください。

---

27 このレストランについて、正しい文はどれですか。

1 このレストランではおすしも食べられます。

2 午後はずっと店に入れません。

3 お昼にお酒を飲むことはできません。

4 自分の車で行ってもいいです。

(3)

Track 15

　これは最近よく売れているコーヒーです。ミルクと砂糖が入っているので、お湯を入れればすぐに飲めます。あまり甘くなくて、わたしにはちょうどいいのですが、甘いコーヒーが好きな人は、砂糖をスプーン1杯ぐらい入れるといいかもしれません。コンビニでも買うことができますので、コーヒーが好きな人は一度飲んでみてください。

28　このコーヒーは、どうすれば飲むことができますか。

1　ミルクと砂糖を入れるだけで飲めます。

2　お湯を入れるだけで飲めます。

3　砂糖をスプーン1杯入れるだけで飲めます。

4　何も入れなくても飲めます。

(4)

　木下さんは、さくら町にある〇〇銀行で働いています。でも、営業が仕事なので、あまり銀行の中にはいません。いつも朝から自転車で、さくら町の工場やお店をひとつひとつ訪ねて、そこの人たちから、お金についての相談を受けます。そして、夕方ごろ、銀行に戻ります。

29　木下さんの仕事について、正しい文はどれですか。
1　銀行の中で、工場や店の人と相談します。
2　いつも車で工場や店を見に行きます。
3　よくお金についての試験を受けます。
4　朝から夕方までさくら町のあちらこちらに行きます。

もんだい 4　Reading

つぎの(1)から(4)の文章を読んで、質問に答えてください。答えは、1・2・3・4から、いちばんいいものを一つえらんでください。

---

(1)

陳さんの家の玄関に、郵便局からのメモが貼ってありました。

> 陳　永輝　様
>
> 　きょう、小包をお届けに来ましたが、家にだれもいらっしゃいませんでしたので、局に持ち帰りました。
> 　あしたの夕方、もう一度お届けします。
> 　**もし、あしたも、家にいらっしゃらない場合は、局で預かることになりますので、お電話ください。**
> 　　　　└文法詳見 P84　　　　└文法詳見 P84
> 9月12日　さくら郵便局　　電話　03-1234-3456

< 關鍵句

26　陳さんはあしたも朝から出かけます。きょう、何をしたほうがいいですか。

1　家に早く帰ります。

2　家に電話します。

3　郵便局に行きます。

4　郵便局に電話します。

□ メモ【memo】通知單；
　　備忘錄
□ 貼る　張貼
□ 様　表對他人的敬意，可譯
　　作「…先生」、「…女士」
□ 小包　包裹

□ お届けする　送達
□ 持ち帰る　帶回去
□ 夕方　傍晚
□ 預かる　保管

請閱讀下列（１）～（４）的文章並回答問題。請從選項１・２・３・４當中選出一個最恰當的答案。

（1）

　陳先生家的玄關貼了張郵局的通知單。

陳 永輝 先生
　今天前來投遞您的包裹，不過由於無人在家，所以先拿回局裡。
　明天傍晚會再投遞一次。
　如果明天也不在家，我們將會把包裹寄放在局裡，請來電洽詢。

9月12日 櫻花郵局 電話 03-1234-3456

Answer **4**

26 陳先生明天也是一大早就外出，請問今天他應該要做什麼才好呢？

1 早點回家。　2 打電話給家裡。
3 去郵局。　　4 打電話給郵局。

選項1「家に早く帰ります」（早點回家）。雖然回家可能看似合理，但通知中提到陳先生明天將不在家，因此這並不是一個可行的解決方案。

選項4「郵便局に電話します」（給郵局打電話）。這是最合適的選擇。通知中明確指出，如果陳先生明天也不在家，他應該主動聯繫郵局：「もし、あしたも、家にいらっしゃらない場合は、局で預かることになりますので、お電話ください」（如果明天您也不在家，我們將保留包裹，請您給我們打電話）。這是一個直接的指示，要求陳先生在確定不在家時主動聯繫郵局。

選項2「家に電話します」（給家裡打電話）。這個選項在這個情境下沒有任何幫助，因為問題的焦點是郵件的處理，而不是與家裡的聯繫。

選項3「郵便局に行きます」（去郵局）。直接去郵局似乎是一個解決方案，但根據通知，郵局建議在無法再次成功投遞後，由收件人主動聯繫他們。

　「お+動詞ます形+する」是謙讓的敬語表現，透過降低自己的姿態來提高對方地位。「～ことになる」表示一種客觀的安排，不是由說話者來決定這樣做的。

(2)

レストランの入り口に、このお知らせがあります。

レストラン・ケラケラ

★ イタリア料理のレストランです。おいしいピザやスパ
　ゲッティをどうぞ。

★ 昼は午前11時から午後２時まで、夜は午後６時から午後
　９時までです。（土・日は午後11時まで）

★ お酒は夜だけあります。　　　　　　　　　　　　　← 關鍵句

★ 駐車場はありません。電車やバスをご利用ください。

27　このレストランについて、正しい文はど
　　れですか。

1　このレストランではおすしも食べられます。
　　　　　　　　　　　　　　　└文法詳見 P84
2　午後はずっと店に入れません。
3　お昼にお酒を飲むことはできません。
4　自分の車で行ってもいいです。
　　　　　　　　　└文法詳見 P85

□ 入り口 入口

□ お知らせ 公告

□ ピザ【pizza】披薩

□ スパゲッティ【（義）
　spaghetti】義大利麵

□ どうぞ 請享用

□ 駐車場 停車場

□ 電車 電車

□ おすし 壽司

□ ずっと 長時間；
　一直

(2)

餐廳入口有一張公告。

> ## 哈 哈 餐 廳
> ★ 本店是義式料理餐廳。請享用美味的披薩或義大利麵。
> ★ 上午從11點營業至下午２點，晚上從６點營業到９點。
> 　（六、日營業至晚上11點）
> ★ 酒類只在晚上提供。
> ★ 無附設停車場。敬請搭乘電車或公車。

Answer 3

27 針對這間餐廳，請問下列敘述何者正確？

1　這間餐廳可以吃得到壽司。
2　下午無法進入餐廳。
3　白天不能喝酒。
4　可以開自己的車前往。

選項3「お昼にお酒を飲むことはできません」（中午不能喝酒）。這個選項是正確的。公告明確指出酒精飲料只在晚上供應，因此中午時段無法飲酒。關鍵句在：「お酒は夜だけあります」。

選項4「自分の車で行ってもいいです」（可以開自己的車去）。這個選項不正確，因為公告中明確指出餐廳沒有停車場，建議客人使用公共交通工具。公告提到：「駐車場はありません。電車やバスをご利用ください」。

「(ら)れる」是動詞的可能形，表示環境允許，或是本身有能力做某件事情。「～てもいい」(也行…)表示雖然有其他做法，不過某行為也獲得許可。

選項1「このレストランではおすしも食べられます」（在這家餐廳也可以吃到壽司）。這個選項不正確，因為通告指出這是一家意大利料理餐廳，主打美味的披薩和意大利麵，並未提及壽司。公告提到：「イタリア料理のレストランです。おいしいピザやスパゲッティをどうぞ」。

選項2「午後はずっと店に入れません」（整個下午都不能進入店內）。這個選項也不正確，因為餐廳的營業時間包括下午的時段，直到晚上９點，週末延長至11點。因此，並非整個下午都不能進店。公告提到：「昼は午前11時から午後２時まで、夜は午後６時から午後９時までです。（土・日は午後11時まで）」。

もんだい 4　Reading

---

(3)

　これは最近（さいきん）よく売（う）れているコーヒーです。**ミルクと砂糖（さとう）が入（はい）っ** ◁關鍵句

ているので、お湯（ゆ）を入（い）れればすぐに飲（の）めます。 あまり甘（あま）くなく
└文法詳見 P85

て、わたしにはちょうどいいのですが、甘（あま）いコーヒーが好（す）き

な人（ひと）は、砂糖（さとう）をスプーン１杯（ばい）ぐらい入（い）れるといいかもしれませ

ん。コンビニでも買（か）う<u>ことができ</u>ますので、コーヒーが好（す）きな
└文法詳見 P85

人（ひと）は一度（いちど）飲（の）<u>んでみて</u>ください。
└文法詳見 P85

□ よく売（う）れる　熱賣

□ ミルク【milk】奶精；牛奶

□ 砂糖（さとう）　糖

□ お湯（ゆ）　熱水

□ すぐに　馬上

□ ちょうど　剛剛好

□ スプーン【spoon】茶匙；湯匙

□ コンビニ【convenience store之略】便利商店

28 このコーヒーは、どうすれば飲（の）むことが

できますか。

1　ミルクと砂糖（さとう）を入（い）れるだけで飲（の）めます。

2　お湯（ゆ）を入（い）れるだけで飲（の）めます。

3　砂糖（さとう）をスプーン１杯（ばい）入（い）れるだけで飲（の）めます。

4　何（なに）も入（い）れなく<u>ても</u>飲（の）めます。
└文法詳見 P86

補充單字 過去、現在、未來

□ 最近 最近
□ 最後 最後
□ 最初 最初，首先
□ さっき 剛剛，剛才
□ 夕べ 昨晚
□ 今夜 今晚
□ ただいま 現在；馬上；我回來了

（3）

　這是最近很暢銷的咖啡。裡面已經含有奶精和砂糖，所以只要加入熱水，馬上就能飲用。喝起來不會太甜，很適合我的口味，不過喜歡甜一點的人，或許可以加一茶匙左右的砂糖。這款咖啡在超商也能買到，喜歡咖啡的人請買來喝喝看。

Answer **2**

28 請問這款咖啡要怎樣才能飲用呢？
1 只放奶精和砂糖就能飲用。
2 只放熱開水就能飲用。
3 只放一茶匙的砂糖就能飲用。
4 什麼都不放就能飲用。

選項1「ミルクと砂糖を入れるだけで飲めます」（只需加入奶精和砂糖就可以喝）。這個選項不正確，因為文章已經說明，咖啡中已經含有奶精和糖，不需要再額外加入。

選項2「お湯を入れるだけで飲めます」（只需加入熱水就可以喝）。這是正確的選項。它提供了一個直接且準確的方法，來飲用這款咖啡，文章中明確指出：「ミルクと砂糖が入っているので、お湯を入れればすぐに飲めます」（因為已經含有奶精和糖，所以只要加入熱水就可以立刻飲用）。

選項3「砂糖をスプーン１杯入れるだけで飲めます」（只需加一匙糖就可以喝）。這個選項不正確，文章提到如果喜歡甜咖啡的人可以考慮加糖，但這不是必需的，且核心的喝法是加入熱水。

選項4「何も入れなくても飲めます」（什麼也不加也能喝）。這個選項同樣不正確，因為文章說明需要加熱水才能飲用。

　「売れている」意思是「(目前)熱賣」。「わたしには」的「に」表示「對…來說…」。「〜ことができる」(能夠…)用來表示有能力、有辦法去完成某件事情。
　「飲んでみてください」的「〜てみる」意思是「嘗試看看」，表示試探性地進行某個行為。「入れなくても」的「ても」是假設語氣，可以翻譯成「就算…」、「即使…」，表示後項的成立與否並不受前項限制。

（4）

　木下さんは、さくら町にある○○銀行で働いています。でも、営業が仕事なので、あまり銀行の中にはいません。**いつも**◁[關鍵句]**朝から自転車で、さくら町の工場やお店をひとつひとつ訪ねて、そこの人たちから、お金についての相談を受けます。そして、夕方ごろ、銀行に戻ります。**

29　木下さんの仕事について、正しい文はどれですか。
└文法詳見 P86

1　銀行の中で、工場や店の人と相談します。

2　いつも車で工場や店を見に行きます。

3　よくお金についての試験を受けます。

4　朝から夕方までさくら町のあちらこちらに行きます。

□ 銀行　銀行
□ 働く　工作
□ 営業　業務
□ 工場　工廠
□ ひとつひとつ　一一地
□ 訪ねる　拜訪
□ 受ける　接受
□ 戻る　回到
□ 試験　考試

(4)

　　木下先生在櫻花鎮的○○銀行工作。不過由於他是業務，所以經常不在銀行裡。他總是一大早就騎著腳踏車，一一拜訪櫻花鎮的工廠或店家，替那裡的人們進行有關金融的諮詢。到了傍晚左右他便回到銀行。

Answer **4**

29 關於木下先生的工作，請問下列敘述何者正確？

1　他在銀行裡面和工廠、店家的人商量事情。
2　他總是開車去工廠或店家拜訪客戶。
3　他常常報考金融方面的考試。
4　他從早到傍晚都到櫻花鎮的各個地方。

選項1「在銀行內部與工廠和商店的人進行諮詢」。這個選項不正確。文中指出木下先生通常不在銀行內，而是騎自行車訪問各個地點，與人們進行金融諮詢。「でも、営業が仕事なので、あまり銀行の中にはいません」。

選項3「經常進行有關金錢的考試」。此選項與文章描述不符。文章中並未提到任何有關進行考試的信息，只提到他與人們討論有關金錢的問題。

選項4「從早到傍晚到處走訪櫻花鎮」。這是正確的選項。根據文中描述，木下先生從早到晚騎自行車訪問櫻花鎮的不同工廠和店鋪，並於傍晚返回銀行。「いつも朝から自転車で、さくら町の工場やお店をひとつひとつ訪ねて、そして、夕方ごろ、銀行に戻ります」。

選項2「總是開車去看工廠和店鋪」。這個選項也不正確。文中明確提到木下先生是使用自行車進行訪問，而不是開車。「いつも朝から自転車で、さくら町の工場やお店をひとつひとつ訪ねて」。

　「〜について」(針對…)用在要對於某件事物進行敘述或說明的時候。

🖉 **文法と萬用句型**

> お＋【動詞ます形】＋する；
> ご＋【サ變動詞詞幹】＋す
> る。對要表示尊敬的人，透
> 過降低自己或自己這一邊的
> 人，以提高對方地位，來向
> 對方表示尊敬。

❶ お＋☐＋する、　表示動詞的謙讓
ご＋☐＋する　形式

例句 お手洗いをお借りしてもいいで
すか。

可以借用一下洗手間嗎？

> 【動詞辭書形；動詞否定形】＋
> ことになる。表示決定。指
> 說話人以外的人、團體或組
> 織等，客觀地做出了某些安
> 排或決定。

❷ ☐＋ことになる

（被）決定…；也就是說…

例句 来月新竹に出張することになった。

下個月要去新竹出差。

> お＋【動詞ます形】＋くださ
> い；ご＋【サ變動詞詞幹】＋く
> ださい。用在對客人、屬下
> 對上司的請求，表示敬意而
> 抬高對方行為的表現方式。

❸ お＋☐＋ください、　請…
ご＋☐＋ください

例句 山田様、お入りください。

山田先生，請進。

〔替換單字・短句〕
□ 待ち （稍）等　□ 座り 坐

> 【［一段動詞・力變動詞］可
> 能形】＋られる；【五段動
> 詞可能形；サ變動詞可能形
> さ】＋れる。從周圍的客觀
> 環境條件來看，有可能做某
> 事，或是表示技術上、身體
> 的能力上，是具有某種能力
> 的。

❹ ☐＋（ら）れる（可能）　會…；能…

例句 このフェリーは、誰でも無料
で乗れます。

無論是誰都可以免費搭乘這艘渡輪。

例句 私はタンゴが踊れます。

我會跳探戈。

〔替換單字・短句〕
□ 箸が使えます 使用筷子
□ 一人で着物が着られる 自己穿和服

5　　　　　＋てもいい　…也行、可以…

【動詞て形】＋もいい。表示許可或允許某一行為。

例句　窓を開けてもいいですか。
可以打開窗戶嗎？

〔替換單字・短句〕
□ 家に帰って　回家
□ 辞書を見て　看辭典
□ お手洗いに行って　去洗手間

6　　　　　＋ば

如果…的話、假如…、如果…就…

例句　時間が合えば、会いたいです。
如果時間允許，希望能見一面。

【[形容詞・動詞]假定形；[名詞・形容動詞]假定形】＋ば。敘述一般客觀事物的條件關係。如果前項成立，後項就一定會成立。或表示後項受到某種條件的限制。

7　　　　　＋ことができる　能…、會…

例句　ここから、富士山をご覧になることができます。
從這裡可以看到富士山。

【動詞辭書形】＋ことができる。表示在外部的狀況、規定等客觀條件允許時可做。或表示技術上、身體的能力上，是有能力做的。這種說法比「可能形」還要書面語一些。

8　　　　　＋てみる　試著（做）…

例句　このおでんを食べてみてください。
請嚐看看這個關東煮。

【動詞て形】＋みる。「みる」是由「見る」延伸而來的抽象用法，常用平假名書寫。表示嘗試著做前接的事項，是一種試探性的行為或動作，一般是肯定的說法。

【形容詞く形】＋ても；【動詞て形】＋も；【名詞；形容動詞詞幹】＋でも。表示後項的成立，不受前項的約束，是一種假定逆接表現。

9 ☐ **＋ても、でも**　即使…也

例句 雨が降っても、必ず行く。

即使下雨也一定要去。

〔替換單字・短句〕
☐ 時間がなくて　沒時間
☐ どんなに大変で　（不管）有多辛苦

【名詞】＋について（は）。表示前項先提出一個話題，後項就針對這個話題進行說明。

10 ☐ **＋について（は）**

有關…、就…、關於…

例句 私は、日本酒については詳しいです。

我對日本酒知道得很詳盡。

〔替換單字・短句〕
☐ 中国の文学　中國文學
☐ 台湾の文化　台灣的文化
☐ 韓国の歴史　韓國的歷史

⚡ **小知識大補帖**

▶ **尊敬語和謙讓語**

日本人是非常重視禮節的民族，話人人都會說，但要說得得體卻是一大學問。以下是生活中很常見的尊敬語和謙讓語，不妨一起記下來哦！

原形（中譯）	尊敬語	謙讓語
言う（說）	おっしゃる	申しあげる
見る（看）	ご覧になる	拝見する
行く（去）	いらっしゃる	まいる
食べる（吃）	召し上がる	いただく
いる（在）	いらっしゃる	おる
する（做）	なさる	いたす

▶ **關於咖啡，你知道多少？**

你愛喝咖啡嗎？大家都知道咖啡的日語是「コーヒー」，但一走進日本的咖啡廳，你可能會發現菜單上找不到這個字。那是因為「コーヒー」只是"咖啡"的統稱。

在咖啡廳裡，咖啡被細分為各種美味的選擇。例如：

「アメリカーノ」（美式咖啡）：經典的淡雅風味

「カフェラテ」（拿鐵）：濃濃的牛奶香

「カプチーノ」（卡布奇諾）：奶泡的完美結合

「カフェオレ」（咖啡歐蕾）：法式風情

「カフェモカ」（摩卡）：巧克力愛好者的最愛

所以下次當你走進日本的咖啡廳，別忘了多看看菜單，試試不同的咖啡種類，找到你心目中的那一杯！

常用的表達關鍵句

＊{ } 內也可自行帶入其他詞彙、短句喔！

01 表示決定

→ {お洗濯は午後から} にします／決定 {下午再洗衣服}。

→ {なるべく余計なことをし} ないことにした／決定不 {多管閒事}。

→ {本日をもってアルバイトを辞める} になりました／已 {從今天起辭掉打工的工作} 了。

→ {来年、お花見に日本へ行く} ことにしました／決定 {明年將前往日本賞櫻}。

→ {海外で仕事をする} ことになりました／確定將要 {遠赴海外任職}。

→ {熱があるので、今回は大会に参加でき} ないことになりました／{因為發燒,} 沒辦法 {參加這次的大會了}。

02 表示要求做出判斷

→ {いつか友達を家に招待し} てもいいですか／{將來有一天} 可以 {在家裡招待朋友} 嗎？

→ {下流老人 600 万人} は本当だろうか／{貧困年長者的人數多達 600 萬人} 是真的嗎？

→ {行く意味は} 本当に {あるの} だろうか／{前去走一趟} 真的{有意義} 嗎？

→ {この考え方は} は正しいだろうか／{這個想法} 是否正確呢？

03 表示狀態

→ {部屋にピアノが置い} てあります／{房間靜置} 著 {一架鋼琴}。

→ {遠くの寺の鐘が鳴っ} ています／{遠處,寺院裡的鐘聲正鳴響} 著。

→ {ラップを聴くと思わず体が動い} てしまいます／{只要聽到 Rap,身體就不自覺地舞動} 了起來。

關鍵字記單字

▶關鍵字　　　　　▶▶▶單字

<ruby>話<rt>はな</rt></ruby>す
談話

□ <ruby>何故<rt>な ぜ</rt></ruby>	為何，何故，為什麼
□ <ruby>会話<rt>かい わ</rt></ruby>	會話，談話，對話
□ <ruby>携帯電話<rt>けいたいでん わ</rt></ruby>	手機，可攜式電話
□ <ruby>会議<rt>かい ぎ</rt></ruby>	會議，會
□ <ruby>相談<rt>そうだん</rt></ruby>	提出意見，建議；提議
□ <ruby>煩<rt>うるさ</rt></ruby>い	話多，愛嘮叨
□ <ruby>相談<rt>そうだん</rt></ruby>	商量；協商，協議，磋商；商談；商定，一致的意見
□ <ruby>伝<rt>つた</rt></ruby>える	傳達，轉告，轉達；告訴，告知
□ <ruby>尋<rt>たず</rt></ruby>ねる	問；詢問；打聽
□ <ruby>伺<rt>うかが</rt></ruby>う	請教，詢問，打聽
□ <ruby>騒<rt>さわ</rt></ruby>ぐ	吵，吵鬧；吵嚷

<ruby>知<rt>し</rt></ruby>らせる
通知、報告

□ <ruby>案内<rt>あんない</rt></ruby>	通知，通告
□ <ruby>電報<rt>でんぽう</rt></ruby>	電報，利用電信設施收發的通信，亦指其通信電文
□ <ruby>連絡<rt>れんらく</rt></ruby>	通知，通報
□ <ruby>連絡<rt>れんらく</rt></ruby>	聯絡，聯繫，彼此關聯，通訊聯繫
□ レポート【report】	（新聞等）報告；報導，通訊
□ <ruby>紹介<rt>しょうかい</rt></ruby>	介紹
□ <ruby>知<rt>し</rt></ruby>らせる	通知
□ <ruby>届<rt>とど</rt></ruby>ける	報，報告；登記

<ruby>携<rt>たずさ</rt></ruby>わる
通知、報告

□ <ruby>家<rt>か</rt></ruby>	從事…的（人）；愛…的人，很有…的人，有某種強烈特質的人
□ <ruby>専門<rt>せんもん</rt></ruby>	專門；專業；專長
□ <ruby>産業<rt>さんぎょう</rt></ruby>	產業，生產事業，實業，工商等企業，工業
□ <ruby>工業<rt>こうぎょう</rt></ruby>	工業

Track 17

つぎの（1）から（4）の文章を読んで、質問に答えてください。答えは、1・2・3・4から、いちばんいいものを一つえらんでください。

（1）

朝、木下さんの机の上に、このメモが置いてありました。

木下さん

　きのう、木下さんが帰ったあと、ヨシダ商事の川上さんという方から木下さんにお電話がありました。

　とても大事な用があるということでしたので、木下さんの携帯電話の番号をお教えしました。

　その後、川上さんからお電話がありましたか。

　あとになって、ほかの人に携帯の番号を教えてもいいかどうか、木下さんに聞いていなかったことに気がつきました。

　すみませんでした。今度から気をつけます。

山田

---

26 山田さんは何について謝っていますか。
1 木下さんに聞かずに、携帯電話の番号を川上さんに教えたこと。
2 木下さんに川上さんから電話があったことを伝えなかったこと。
3 川上さんに木下さんの家の電話番号を教えなかったこと。
4 川上さんに木下さんの携帯電話の番号を教えなかったこと。

(2)

Track 18

みそ汁の作り方

　みそ汁を作ってみましょう。みそ汁は日本の家庭でいちばんよく作られる料理の一つです。

1.「だし」を用意します。だしはおいしい味のついたお湯のことで、材料はスーパーやコンビニで売っています。
   (注1)

2.「具」を入れます。具はみそ汁に入れる材料のことです。とうふやわかめ、野菜を入れることが多いですが、肉、魚などを入れてもいいです。

3.「みそ」を入れます。これもスーパーやコンビニで売っています。

4.できました。

(注1) お湯に「かつおぶし」を入れて、お湯においしい味がついたら、お湯から「かつおぶし」を取ります。「かつおぶし」は魚から作った食べ物です。

27　みそ汁の作り方について、上の内容と合うものはどれですか。

　1　みそ汁を作るためには「みそ」と「だし」と「具」がいります。

　2　みそ汁は、スーパーやコンビニで買ったほうがおいしいです。

　3　みそ汁は、「みそ」を入れてから、「具」を入れます。

　4　みそ汁には、野菜や肉や魚を入れなくてはいけません。

(3)

Track 19

病気はまだ完全には治っていませんから、お酒はあまり飲まないようにしてください。1日にビールをコップ2杯ぐらいまでならいいですが、1週間に2日は、お酒を全然飲まない日を作ってください。できれば、あと2週間は飲まないほうがいいです。体の調子を考えて、無理をしないようにしてくださいね。

28 次の中で、上の内容と合うものはどれですか。

1 1週間に2日はお酒を飲んだほうがいい。

2 ビールを毎日2杯飲んだほうがいい。

3 1週間に2日はお酒を飲まないほうがいい。

4 あと2週間はお酒を飲んではいけない。

(4)

Track 20

　ピエールさんは、日本語学校の近くのアパートに住んでいます。近所にはコンビニと銀行があります。コンビニでは、いろいろなお弁当やお菓子や飲み物がたくさん売っていて、とても便利です。歯ブラシやタオルも売っていますが、薬は売っていません。また、本や雑誌も売っていますが、日本語のものばかりなので、ピエールさんはちょっと残念そうです。

29 コンビニについて正しくないものはどれですか。

1 コンビニはピエールさんのアパートと銀行の近くにあります。

2 お弁当や飲み物がたくさんあるので、便利です。

3 歯ブラシやタオルや薬も置いてあるので、便利です。

4 コンビニには、外国語の本は売っていません。

つぎの(1)から(4)の文章を読んで、質問に答えてください。答えは、1・2・3・4から、いちばんいいものを一つえらんでください。

(1)

朝、木下さんの机の上に、このメモが置いてありました。

木下さん

　きのう、木下さんが帰ったあと、ヨシダ商事の川上さんという方から木下さんにお電話がありました。

　とても大事な用があるということでしたので、木下さんの携帯電話の番号をお教えしました。 ┗文法詳見 P102

　その後、川上さんからお電話がありましたか。

　あとになって、ほかの人に携帯の番号を教えてもいい かど ┗文法詳見 P102
　うか、木下さんに聞いていなかったことに気がつきました。 ┗文法詳見 P102 ┃關鍵句

　すみませんでした。今度から気をつけます。

山田

□ 商事　商務（公司）
□ 大事　重要
□ 用　事情
□ 携帯電話　手機
□ 番号　號碼
□ すみません　對不起
□ 今度　今後
□ 謝る　道歉

26 山田さんは何について謝っていますか。

1　木下さんに聞かずに、携帯電話の番号を ┗文法詳見 P102
　川上さんに教えたこと。

2　木下さんに川上さんから電話があったことを伝えなかったこと。

3　川上さんに木下さんの家の電話番号を教えなかったこと。

4　川上さんに木下さんの携帯電話の番号を教えなかったこと。

請閱讀下列（1）～（4）的文章並回答問題。請從選項1・2・3・4當中選出一個最恰當的答案。

(1)

一早，木下先生的桌子上放著這張紙條。

> 木下先生
>
> 　昨天您回去之後，吉田商事有一位叫川上的先生來電找您。
>
> 　由於對方有非常重要的事情，所以我把您的手機號碼告訴了他。
>
> 　在那之後，不知川上先生是否有撥電話給您呢？
>
> 　後來我才想到我沒先詢問您就把您的手機號碼告訴了別人。
>
> 　真是對不起。今後我會注意的。
>
> 　　　　　　　　　　　　　　　　　　　　　　　　　山田

Answer　1

26 請問山田為了什麼事在道歉呢？

1 沒先詢問木下先生就把他的手機號碼給了川上先生。

2 沒把川上先生有來電一事告訴木下先生。

3 沒把木下先生家裡的電話號碼告訴川上先生。

4 沒把木下先生的手機號碼告訴川上先生。

選項3文章中未提及家庭電話的信息，此選項不相關。

選項4與選項1相反，此選項描述了一個錯誤的情境，實際上山田先生確實告知了川上先生，木下先生的手機號碼。

選項1文章明確指出山田先生未經木下先生同意便告知川上先生木下先生的手機號碼，並對此表示道歉。這是正確答案。

解題的關鍵詞在「謝っています」（道歉），因此，一切圍繞道歉的表達（如「すみません」、「ごめんなさい」、「申し訳ありません」等）都是解題時的重要線索。當這些道歉詞彙出現時，就要特別留意，它們會直接指向答案的所在！

選項2文章中明確提及山田先生已告知木下先生川上先生的來電，因此此選項不符。

(2)

みそ汁の作り方

　みそ汁を作ってみましょう。みそ汁は日本の家庭でいちばんよく作られる料理の一つです。

└文法詳見 P103

1. 「だし」を用意します。だしはおいしい味のついたお湯のことで、材料はスーパーやコンビニで売っています。　＜ 關鍵句

2. 「具」を入れます。具はみそ汁に入れる材料のことです。とうふやわかめ、野菜を入れることが多いですが、肉、魚などを入れてもいいです。　＜ 關鍵句　＜ 關鍵句

3. 「みそ」を入れます。これもスーパーやコンビニで売っています。　＜ 關鍵句

4. できました。

（注1）お湯に「かつおぶし」を入れて、お湯においしい味がついたら、お湯から「かつおぶし」を取ります。「かつおぶし」は魚から作った食べ物です。

□ みそ汁　味噌湯

□ だし　高湯

□ あじ（味）味道

□ スーパー【supermarket 之略】超市

□ 具　材料

□ とうふ　豆腐

□ わかめ　海帯芽

□ みそ　味噌

27 みそ汁の作り方について、上の内容と合うものはどれですか。

1　みそ汁を作るためには「みそ」と「だし」と「具」がいります。

2　みそ汁は、スーパーやコンビニで買ったほうがおいしいです。

3　みそ汁は、「みそ」を入れてから、「具」を入れます。

4　みそ汁には、野菜や肉や魚を入れなくてはいけません。

└文法詳見 P103

(2)

味噌湯的煮法

　　來做做看味噌湯吧！味噌湯是日本家庭最常見的料理之一。

1. 準備好「高湯」。高湯是指具有鮮美滋味的湯頭，材料在超市或超
　　商都有賣。
　　　(註1)

2. 放入「料」。料是指放入味噌湯的材料。比較常見的是放豆腐、海
　　帶芽或蔬菜，不過也可以放入肉或魚等等。

3. 放入「味噌」。這在超市或超商也都有賣。

4. 煮好了。

（註1）　將「柴魚片」放入滾水，等美味釋放到湯頭後，將「柴魚片」
　　　　　從湯頭取出。「柴魚片」是一種由魚製成的食物。

Answer **1**

27 請問針對味噌湯的煮法，符合上述內容的
　　　是哪一個選項呢？

1　煮味噌湯需要用到「味噌」、「高湯」和「料」。

2　味噌湯要在超市或超商買的才會比較好喝。

3　味噌湯要先放「味噌」再加入「料」。

4　味噌湯不可以不放入蔬菜、肉或魚。

選項4文章指出可以加入肉或魚等食材，但沒有強
制規定一定要加入，因此選項4描述不準確。

選項1根據文章描述，味
噌湯的製作需要「高湯、
配料和味噌」這三種元
素，選項1完全符合此選
項的描述。

要解這道題目，最佳策略
是使用刪去法。讓我們將
煮味噌湯的步驟整理成簡
單的四步驟流程：準備高
湯→加入食材→放入味噌
→完成烹飪。

選項2原文提到的是高湯
和味噌可以在超市或便利
商店購得，並未提及成品
味噌湯的口味，因此與實
際文意不符。

選項3文章中步驟明確指
出應先加入配料再加入味
噌，這與選項3描述相
反，因此錯誤。

---

(3)

　病気はまだ完全には治っていませんから、お酒はあまり飲まないようにしてください。1日にビールをコップ2杯ぐらいまでならいいですが、**1週間に2日は、お酒を全然飲まない日** ← 關鍵句
└文法詳見 P103
を作ってください。できれば、あと2週間は飲まないほうがいいです。体の調子を考えて、無理をしないようにしてください
└文法詳見 P104
ね。

□ 完全 完全
□ 治る 康復；醫好
□ コップ 杯子
□ 作る 排出（日子；時間）
□ 調子 狀況
□ 考える 考量
□ 無理 勉強
□ 内容 内容

[28] 次の中で、上の内容と合うものはどれですか。

1　1週間に2日はお酒を飲んだほうがいい。

2　ビールを毎日2杯飲んだほうがいい。

3　1週間に2日はお酒を飲まないほうがいい。

4　あと2週間はお酒を飲んではいけない。

(3)

　　病還沒有完全好，所以請盡量別喝酒。一天喝兩杯啤酒雖然還算在安全範圍內，但請規定自己一週內有兩天得滴酒不沾。如果可以，這兩個禮拜最好是不要喝。請多想想自己的身體狀況，別太勉強了。

Answer **3**

28 請問下列敘述符合上述內容的是哪一個選項呢？

1　一週最好喝兩天酒。
2　每天最好喝兩杯啤酒。
3　一週最好有兩天不要喝酒。
4　這兩個禮拜不可以喝酒。

選項1原文明確指示「一週中至少有兩天完全不喝酒」，與此選項的建議相反，故此選項錯誤。

選項2文中有提及「每日喝兩杯啤酒尚可」，但隨即指出應有不喝酒的日子，表明不應每天都喝，因此此選項亦不符。

選項4原文的建議「できれば、あと2週間は飲まないほうがいいです」（如果可能，接下來兩週最好不要喝酒），是較為委婉的，並非絕對禁止，所以此選項過於斷然。

選項3文中指出「1週間に2日は、お酒を全然飲まない日を作ってください」（應該一週設兩天完全不喝酒的日子）。此指示與選項3完全吻合，符合文意。

補充單字 決定

□ 無理 勉強；不講理
□ 正しい 正確；端正
□ 必要 需要
□ 宜しい 好，可以
□ 駄目 不行；沒用
□ つもり 打算；當作
□ 決まる 決定；規定
□ 反対 相反；反對

(4)

　ピエールさんは、日本語学校の近くのアパートに住んでいます。近所にはコンビニと銀行があります。コンビニでは、いろいろなお弁当やお菓子や飲み物がたくさん売っていて、とても便利です。歯ブラシやタオルも売っていますが、**薬は売っていません。** また、本や雑誌も売っていますが、日本語のものばかりなので、ピエールさんはちょっと残念そうです。

└文法詳見 P104

關鍵句

---

29 コンビニについて正しくないものはどれですか。

1　コンビニはピエールさんのアパートと銀行の近くにあります。

2　お弁当や飲み物がたくさんあるので、便利です。

3　歯ブラシやタオルや薬も置いてあるので、便利です。

4　コンビニには、外国語の本は売っていません。

- □ お弁当　便當
- □ お菓子　零食；點心
- □ 飲み物　飲料
- □ 売る　販賣
- □ 便利　方便
- □ 歯ブラシ【歯brush】牙刷
- □ 薬　藥品
- □ 残念　可惜
- □ 置く　擺放

(4)

　　皮耶魯住在日語學校附近的公寓。附近有超商和銀行。超商裡面賣了各式各樣的便當、零食和飲料，數量很多，非常方便。雖然也有牙刷和毛巾，不過藥品就沒有販售了。此外，也有販賣書本和雜誌，但因為都是日語的，皮耶魯似乎覺得有點可惜。

Answer **3**

29 請問針對超商的敘述下列何者**不正確**？

1　超商位於皮耶魯的公寓和銀行的附近。

2　有很多便當和飲料，十分方便。

3　超商也有牙刷、毛巾和藥品，很方便。

4　超商裡面沒有販售外語書籍。

請注意題目問的是不正確選項。

選項1文中指出「皮耶魯先生住在日語學校附近的公寓。附近有便利商店和銀行」。此句明確指出便利商店與銀行都位於皮耶魯先生的公寓附近，因此選項1描述正確。

選項4文中指出「雖然也賣書和雜誌，但主要是日文的，所以皮耶魯先生有些失望」。這句說明便利商店賣的書和雜誌都是日文的，暗示沒有外語書籍，因此選項4描述正確。

選項2文中指出「各種便當、點心和飲料販售充足，非常方便」。這一描述與文中說明相符，指出便利商店因提供多樣的食品和飲料而方便，選項2描述正確。

選項3文中指出「牙刷和毛巾有出售，但藥品則沒有」。這一選項聲稱便利商店出售藥品，這與文中的描述不符，因為文中明確指出藥品並未出售，選項3描述錯誤。正確答案是選項3。

🖉 **文法と萬用句型**

お+【動詞ます形】+する；
ご+【サ變動詞詞幹】+す
る。對要表示尊敬的人，透
過降低自己或自己這一邊的
人，以提高對方地位，來向
對方表示尊敬。

❶ お+☐☐☐+する、　表示動詞的謙
　 ご+☐☐☐+する　讓形式

例句 この前お話しした件ですが、考
えていただけましたか。
關於上回提到的那件事，請問您考
慮得怎麼樣了？

【動詞て形】+もいい。表示
許可或允許某一行為。

❷ ☐☐☐+てもいい　…也行、可以…

例句 宿題が済んだら、遊んでもい
いよ。
如果作業寫完了，要玩也可以喔。

【名詞；形容動詞詞幹；[形
容詞‧動詞] 普通形】+か
どうか。表示從相反的兩種
情況或事物之中選擇其一。
「～かどうか」前面的部分
接「不知是否屬實」的事
情、情報。

❸ ☐☐☐+かどうか　是否……與否

例句 これでいいかどうか、教えて
ください。
請告訴我這樣是否可行。

【動詞否定形（去ない）】+
ず（に）。表示以否定的狀
態或方式來做後項的動作，
或產生後項的結果，語氣
較生硬，相當於「～ない
（で）」。

❹ ☐☐☐+ず（に）　不…地、沒…地

例句 ゆうべは疲れて何も食べずに寝
ました。
昨天晚上累得什麼都沒吃就睡了。

5 ＿＿＿＿＋（ら）れる（被動）　被…

例句 この辞書は昔から使われている言葉がたくさん載っている。

這本辭典記載了很多從以前就被使用的字彙。

例句 弟が犬にかまれました。

弟弟被狗咬了。

> 【［一段動詞・力變動詞］被動形】＋られる；【五段動詞被動形；サ變動詞被動形さ】＋れる。表示社會活動等普遍為大家知道的事。或表示某人直接承受到別人的動作。

---

6 ＿＿＿＿＋なくてはいけない　必須…

例句 来週の水曜日までにお金を払わなくてはいけない。

下週三之前非得付款不可。

〔替換單字・短句〕
□ レポートを出さ　交報告
□ 返事し　回覆

> 【動詞否定形（去い）】＋くてはいけない。表示義務和責任，多用在個別的事情，或對某個人，口氣比較強硬，所以一般用在上對下，或同輩之間。也可以用於表示社會上一般人普遍的想法，或表達說話者自己的決心。

---

7 ＿＿＿＿＋なら　要是…的話

例句 私があなたなら、謝ります。

假如我是你的話，我會道歉。

〔替換單字・短句〕
□ 気を悪くした　（讓你）不愉快
□ だめ　不行
□ まずい　難吃

> 【名詞；形容動詞詞幹；［動詞・形容詞］辭書形】＋なら。表示接受了對方所說的事情、狀態、情況後，說話人提出了意見、勸告、意志、請求等。

例句 野球なら、あのチームが一番強い。

棒球的話，那一隊最強了。

〔替換單字・短句〕
□ サッカー　足球
□ テニス　網球

> 可用於舉出一個事物列為話題，再進行說明。

【動詞辭書形；動詞否定形】+ようにする。表示說話人自己將前項的行為、狀況當作目標而努力，或是說話人建議聽話人採取某動作、行為時。

8 ＿＿＿＋ようにする

爭取做到…、設法使…；使其…

例句 これから毎日野菜を取るようにします。

我從現在開始每天都要吃蔬菜。

〔替換單字・短句〕
□ 朝早く起きる　早起
□ 忘れ物をしない　不忘東忘西

【名詞】+ばかり。表示數量、次數非常多。

9 ＿＿＿＋ばかり

淨…、光…；總是…、老是…

例句 漫画ばかりで、本は全然読みません。

光看漫畫，完全不看書。

【動詞て形】+ばかり。表示說話人對不斷重複一樣的事，或一直都是同樣的狀態，有負面的評價。

例句 寝てばかりいないで、手伝ってよ。

別老是睡覺，過來幫忙啦！

✐ 小知識大補帖

▶ 味噌和糞在一起？

　　有個日語諺語「味噌も糞も一緒」，如果想像味噌和糞混在一起的畫面讓你有點吃不消，那麼你就抓住了這句話的精髓！這句話的意思是把 "好壞混為一談"，就像把所有東西一股腦兒丟進同一鍋裡煮，沒有區別。這正是日本的優雅版 "不分青紅皂白"。不過這樣的比喻可真是讓人又好氣又好笑！

▶關於道歉

　　日語裡道歉的方式多得像超市的洗髮精選擇一樣多，從平常心的「すみません でした」（對不起）到稍帶正式的「ごめんなさい」（對不起），再到你可能要穿西裝説的「私が悪かったです」（是我不對）、「お詫び申し上げます」（我向您致歉），以及感覺要下跪的「どうも申し訳ございません」（萬分抱歉）。日常生活中，「すみません」和「ごめんなさい」使用頻率最高，前者是你對陌生人或上司、長輩用的客氣版，後者則是你對朋友或家人可能會説的家常版。

常用的表達關鍵句

＊{ }內也可自行帶入其他詞彙、短句喔！

01 表示狀態、樣子

→ {大好きなので止まら} ずに {食べてしまいました} ／{因為是我最愛的美食，不禁一口接一口的停} 不 {下來}。

→ {日本の家では靴を履いた} まま {入ってはいけません} ／{日本的家中，是不能直接穿} 著 {鞋子進入屋內的}。

→ {お母様が元気になられた} そうで {よかったですね} ／{令堂} 似乎 {恢復了健康，真是太好了}。

02 表示被動態

→ {ビルが次々に作} られた／{大樓} 被{一棟棟的築起}（興建起一棟棟的大樓）。

→ {送料は80円ぐらい取} られる／將會被 {收取80元左右的運費}。

03 表示尊敬謙遜

→ {先生が帰って来} られます／{老師回來了}。

→ {会長は} お {帰り} になります／{會長要回去了}。

→ {課長} お {戻り} です／{課長回公司了}。

→ ご {持参} ください／敬請您 {自備}。

→ {私がすぐやりますので}、お {任せ} ください／{我會立刻執行,}請交給我 {處理}。

→ {詳細が決まったので}、お {知らせ} します／{具體事項已定案}，由我來為您 {說明}。

→ {下記のとおり} お {知らせ} いたします／由我為您做 {如下說明}。

→ ご {用意} しております／已為您 {準備} 齊全。

關鍵字記單字

▸關鍵字　　　　　▸▸▸單字

次_つぐ 接著	□ これから	從現在起，今後，以後；現在；將來；從這裡起；從此
	□ 今度_{こんど}	下次，下回
	□ 以下_{いか}	從此以下，從此以後
	□ 将来_{しょうらい}	將來，未來，前途
	□ 明日_{あす}	明天

治_{なお}す 醫治	□ 看護師_{かんごし}	護士，護理人員
	□ お医者_{いしゃ}さん	醫生，大夫
	□ 歯医者_{はいしゃ}	牙醫，牙科醫生
	□ 入院_{にゅういん}	住（醫）院
	□ 治_{なお}る	病醫好，痊癒

否_{いな}む 拒絕、否定	□ そんな	哪裡，不會
	□ 全然_{ぜんぜん}	全然，完全，根本，簡直，絲毫，一點（也沒有）
	□ ちっとも	一點（也不），一會兒也不（不），毫（無）；總（不）
	□ そんなに	（不用、無需）那麼，那麼樣；程度不如想像
	□ 不便_{ふべん}	不便，不方便，不便利

悲_{かな}しむ 悲傷	□ ああ	啊；呀！唉！哎呀！哎喲；表感嘆或驚嘆
	□ 残念_{ざんねん}	懊悔
	□ 残念_{ざんねん}	遺憾，可惜，對不起，抱歉
	□ 悲_{かな}しい	悲哀的，悲傷的，悲愁的，可悲的，遺憾的
	□ 寂_{さび}しい	寂寞，孤寂，孤單，淒涼，孤苦；無聊
	□ 泣_なく	哭，啼哭，哭泣
	□ 滑_{すべ}る	不及格，沒考上

Track 21

つぎの（1）から（4）の文章を読んで、質問に答えてください。答えは、1・2・3・4から、いちばんいいものを一つえらんでください。

（1）

朝、張さんが出したごみの袋の上に、このメモが貼ってありました。

きょうは水曜日ですから、燃えないごみは出せません。

この袋の中には、プラスチックなどの燃えないごみが入っています。

この袋を出した方は、きょう中に持って帰ってください。

燃えないごみは、金曜日の朝、出してください。

---

26 張さんは、夕方、このメモを見ました。張さんは、まず何をしなければなりませんか。

1 燃えないごみを別の袋に入れて、置いておく。

2 そのままにしておく。

3 燃えないごみの入った袋を家に持って帰る。

4 燃えないごみを袋から出して、袋だけ家に持って帰る。

(2)　　　　　　　　　　　　　　　　　　　Track 22

駅のエレベーターの横に、このお知らせがあります。

エレベーターに乗る方へ

★ このエレベーターは4人まで乗ることができます。

★ このエレベーターは、お年寄りや小さいお子さんを連れた方、または大きい荷物を持った方たちのために作ったものです。

★ それ以外の方は、できるだけ階段かエスカレーターをご利用ください。

---

27 お知らせから、このエレベーターについてわかることは何ですか。

1　78歳の山田さんはこのエレベーターに乗ってはいけません。

2　中学生の前川さんはこのエレベーターに乗らないほうがいいです。

3　小さい荷物を持っている25歳の佐藤さんはエレベーターに乗るほうがいいです。

4　3歳の子どもを連れた75歳の高橋さんは階段かエスカレーターを使わなければいけません。

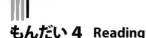

もんだい4 Reading

(3)

Track 23

先生、うちの子猫、きのうから具合が悪そうなんです。いつもなら1日に5杯はミルクを飲むんですが、きのうは朝1杯飲んだだけで、そのあとは全然飲みませんでした。けさも、なかなか起きませんでしたし、ミルクもやっぱり飲みません。どこが悪いか見てください。お願いします。

28 子猫は、きのうときょう、全部でミルクを何杯飲みましたか。

1 5杯

2 1杯

3 2杯

4 全然飲みませんでした

(4)　　　　　　　　　　　　　　　　　　　Track 24

　わたしはタクシーの運転手です。いろいろなお客さんと話ができて、楽しいことも多いですが、嫌なお客さんもたまにはいます。特に夜遅い時間は、お酒を飲んだお客さんを乗せることが多いです。中にはすごく酔っている人もいます。そういう人にはあまり乗ってもらいたくないのですが、乗らないでくださいと言うことはできません。そんなときは、大変な仕事だなと思うこともあります。

29 「わたし」の仕事について、正しいものはどれですか。
　1 嫌なお客さんが多いので、とても大変な仕事だと思います。
　2 タクシーに乗るお客さんはみんな酔っています。
　3 楽しいことも多いですが、たまに大変だと思うこともあります。
　4 酔っているお客さんをタクシーに乗せることはできません。

つぎの(1)から(4)の文章を読んで、質問に答えてください。答えは、1・2・3・4から、いちばんいいものを一つえらんでください。

---

(1)

朝、張さんが出したごみの袋の上に、このメモが貼ってありました。

> きょうは水曜日ですから、燃えないごみは出せません。
> └文法詳見 P120
> この袋の中には、プラスチックなどの燃えないごみが入っています。
> **この袋を出した方は、きょう中に持って帰ってください。** ◁―|關鍵句|
> 燃えないごみは、金曜日の朝、出してください。

□ 出す 拿出；丟出
□ ごみ 垃圾
□ 袋 袋子
□ 燃える 可燃
□ プラスチック【plastic】塑膠
□ 今日中 今天以內
□ そのまま 就這樣（保持原貌）

26 張さんは、夕方、このメモを見ました。張さんは、まず何をしなければなりませ
└文法詳見 P120
んか。

1 燃えないごみを別の袋に入れて、置いておく。

2 そのままにしておく。
└文法詳見 P120

3 燃えないごみの入った袋を家に持って帰る。

4 燃えないごみを袋から出して、袋だけ家に持って帰る。

請閱讀下列（１）～（４）的文章並回答問題。請從選項１・２・３・４當中選出一個最恰當的答案。

（1）

　一早，張同學丟的垃圾，垃圾袋上貼著這張紙條。

> 今天是禮拜三，所以不能丟不可燃垃圾。
> 這個袋子裡面裝有塑膠等不可燃垃圾。
> 丟這包垃圾的人，請在今天拿回去。
> 不可燃垃圾請在星期五早上拿出來丟。

Answer **3**

26　張同學傍晚看到這張紙條。請問張同學必須先做什麼呢？

1　把不可燃垃圾放到其他袋中放著。
2　就這樣不用理會。
3　把裝有不可燃垃圾的袋子帶回家。
4　把不可燃垃圾從袋中取出，只帶袋子回家。

選項1此選項建議將不燃垃圾分開處理，然而根據垃圾標示的要求，最主要的行動是將垃圾帶回家，而不是再次分開或留在原地。

選項2保持原狀不符合貼紙的要求，這會導致張先生未遵循正確的垃圾處理規定，因此此選項不正確。

選項3文中指出「請將這袋垃圾在今天內帶回家」。這句直接指出垃圾袋需要被帶回家，符合貼紙上的指示。這是直接回應貼紙上的要求，要求張先生必須在當日將垃圾袋帶回，這是張先生需要優先處理的事情。正確答案是選項3。

選項4這個選項無視了垃圾袋內容物的問題，單獨帶回袋子不符合規定要求。

(2)

駅のエレベーターの横に、このお知らせがあります。

エレベーターに乗る方へ

★ このエレベーターは4人まで乗ることができます。

★ このエレベーターは、**お年寄りや小さいお子さんを連れた方、または大きい荷物を持った方たちのために作った**ものです。 ⊲ 關鍵句

★ **それ以外の方は、できるだけ階段かエスカレーターをご利用ください。** ⊲ 關鍵句

□ エレベーター
【elevator】 電梯
□ 横 旁邊
□ お年寄り 年長者
□ 連れる 帯；領
□ または 或者
□ 荷物 行李
□ できるだけ 盡可能地
□ 階段 樓梯
□ エスカレーター
【escalator】 電扶梯
□ 乗る 搭乗

27 お知らせから、このエレベーターについてわかることは何ですか。

1 78歳の山田さんはこのエレベーターに乗ってはいけません。
└文法詳見 P120

2 中学生の前川さんはこのエレベーターに乗らないほうがいいです。

3 小さい荷物を持っている25歳の佐藤さんはエレベーターに乗るほうがいいです。

4 3歳の子どもを連れた75歳の高橋さんは階段かエスカレーターを使わなければいけません。

(2)

車站的電梯旁邊有這張公告。

> ### 給各位搭乘電梯的旅客
>
> ★ 這台電梯最多可以承載 4 人。
> ★ 這台電梯是為了年長者、帶小朋友的家長和有大型行李的旅客所設置的。
> ★ 其他旅客請盡量利用樓梯或電扶梯。

Answer **2**

27 根據這張公告，請問可以知道什麼關於電梯的事情呢？

1 78 歲的山田先生不能搭乘這台電梯。
2 就讀國中的前川同學最好是不要搭乘這台電梯。
3 25 歲的佐藤先生隨身行李很小，還是搭乘電梯比較好。
4 75 歲的高橋先生帶著 3 歲的小孩，他必須爬樓梯或搭乘電扶梯。

選項1這選項不正確，因為通知沒有限制年長者乘坐。相反，年長者是被鼓勵使用電梯，以避免走階梯的風險。

選項2這個選項可能正確，因為電梯一般是優先留給需要的人士使用，例如年長者、殘疾人士或帶嬰兒的人。中學生通常能夠使用階梯或電扶梯。選項2是符合常理的選擇。

選項3這選項不正確，因為小型行李通常不構成使用電梯的充分理由，特別是對於健康的年輕人。

選項4這個選項不正確。實際上，高橋先生作為一名年長者且帶著小孩，是使用電梯的理想人選。

(3)

　先生、うちの子猫、きのうから具合が悪そうなんです。いつもなら1日に5杯はミルクを飲むんですが、**きのうは朝1杯飲**

└ 文法詳見 P121

んだだけで、そのあとは全然飲みませんでした。けさも、なかなか起きませんでしたし、ミルクもやっぱり飲みません。 どこが悪いか見てください。お願いします。

> 關鍵句

---

28 子猫は、きのうときょう、全部でミルクを何杯飲みましたか。

1　5杯

2　1杯

3　2杯

4　全然飲みませんでした

□ 先生 對醫生、老師、律師等的稱呼

□ 子猫 小貓

□ 具合 狀況

□ 全然 完全（沒）…

□ なかなか （後接否定）不容易…；不太能

□ やっぱり 果然

(3)

　　醫生，我家的小貓從昨天開始就好像生病了。平時牠一天喝5杯牛奶，可是昨天早上只喝1杯就再也沒喝了。今天早上也是，不但起不來，牛奶也果真喝不下。請看看牠是不是哪裡有問題，麻煩您了。

Answer **2**

28 請問小貓昨天和今天總共喝了幾杯牛奶呢？

1　5杯

2　1杯

3　2杯

4　完全沒喝

選項1此選項不正確。雖然平時小貓一天會喝5杯牛奶，但問題關注的是昨天和今天的實際情況。

選項2此選項正確。根據描述，小貓昨天只喝了1杯牛奶，今天沒有喝任何牛奶。正確答案是選項2。

選項3此選項不正確。文章中沒有提到小貓昨天或今天喝了2杯牛奶的情況。

選項4此選項也不正確。雖然今天小貓沒有喝牛奶，但昨天它有喝一杯。

補充單字 程度副詞

□ 全然（ぜんぜん） 完全不…；非常
□ 一杯（いっぱい） 充滿；很多
□ 随分（ずいぶん） 相當地；不像話
□ すっかり 完全，全部
□ 大分（だいぶ） 相當地

□ ちっとも 一點也不…
□ 中々（なかなか） 非常；不容易
□ 非常に（ひじょう） 非常，很
□ 殆ど（ほとん） 大部份；幾乎
□ 十分（じゅうぶん） 充分，足夠

(4)

　わたしはタクシーの運転手です。いろいろなお客さんと話ができて、楽しいことも多いですが、嫌なお客さんもたまにはいます。特に夜遅い時間は、お酒を飲んだお客さんを乗せることが多いです。中にはすごく酔っている人もいます。そういう人にはあまり乗ってもらいたくないのですが、乗らないでくださいと言うことはできません。そんなときは、大変な仕事だなと思うこともあります。

〈關鍵句
└文法詳見 P121
〈關鍵句

29 「わたし」の仕事について、正しいものはどれですか。

1 嫌なお客さんが多いので、とても大変な仕事だと思います。

2 タクシーに乗るお客さんはみんな酔っています。

3 楽しいことも多いですが、たまに大変だと思うこともあります。

4 酔っているお客さんをタクシーに乗せることはできません。

□ タクシー【taxi】計程車　　□ すごく 非常
□ 運転手 司機
□ お客さん 乗客
□ 嫌 討厭的
□ たまに 偶爾
□ 特に 特別是
□ 夜遅い 深夜的

(4)

　我是個計程車司機。雖然可以和許多乘客聊天，絕大部分的時候都是開心的，但偶爾也是有討厭的客人。特別是深夜時段，經常載到喝酒的乘客。其中有些人喝得醉醺醺的，實在是不太想讓他們上車，但我沒辦法對他們説「請勿搭乘」。這時我就會覺得，這真是一份辛苦的工作。

Answer **3**

29 請問針對「我」的工作，下列敘述何者正確？

1 討厭的乘客很多，是一份很辛苦的工作。
2 搭乘計程車的乘客每一個都喝醉了。
3 雖然大部分的時候都是開心的，但偶爾也覺得很辛苦。
4 不能讓酒醉的客人上計程車。

選項1此選項不正確。文章中有提到「偶爾也會遇到令人不快的客人」，表明討厭的客人並不多。

選項2此選項不正確。雖然文中指出「特別是在晚上，經常載到喝酒的乘客，其中有些人喝得醉醺醺的」，但並未表示所有乘客都喝醉酒，只是晚上喝酒的乘客比較多。

選項4此選項不正確。文中明確表示「雖然不太想讓這樣的人搭乘，但不能説不讓他們乘車」，説明即使不願意，司機也無法拒絕醉酒的乘客。

選項3此選項正確。文章開頭提到「能與各種客人交談，有很多樂趣，但偶爾也會有討厭的客人」，表明工作中有樂趣也有辛苦的時候。

● 文法と萬用句型

【[一段動詞・力變動詞]可能形】+られる；【五段動詞可能形；サ變動詞可能形さ】+れる。表示從客觀條件來看，有可能做某事，或技術上或身體能力上具有某種能力。

1 ⬛ ＋（ら）れる（可能） 會…；能…

例句 ここはなんでも食べられる。
這裡可以吃到任何食物。

例句 マリさんはお箸が使えますか。
瑪麗小姐會用筷子嗎？

【動詞否定形】＋なければならない。表示無論是自己或對方，從社會常識或事情的性質來看，不那樣做就不合理，有義務要那樣做。

2 ⬛ ＋なければならない

必須…、應該…

例句 大人は子どもを守らなければならないよ。
大人應該要保護小孩呀！

【動詞て形】＋おく。表示考慮目前的情況，採取應變措施，將某種行為的結果保持下去。也表示為將來做準備，事先採取某種行為。

3 ⬛ ＋ておく …著；先…、暫且…

例句 レストランを予約しておきます。
我會事先預約餐廳。

【動詞て形】＋はいけない。表示禁止，基於某種理由、規則，直接跟聽話人表示不能做前項事情，一般限於用在上司對部下、長輩對晚輩。也常用在交通標誌、禁止標誌等。

4 ⬛ ＋てはいけない

不准…、不許…、不要…

例句 ベルが鳴るまで、テストを始めてはいけません。
在鈴聲響起前不能動筆作答。

---

5 ▢＋なら　要是…的話

例句 おもしろい人となら結婚してもいい。

如果是和有趣的人，要結婚也可以。

【助詞】＋なら。表示其他情況或許並非如此，但如果就前項而言，後項可以成立。

例句 そんなにおいしいなら、私も今度その店に連れていってください。

如果真有那麼好吃，下次也請帶我去那家店。

【名詞；形容動詞詞幹；［動詞・形容詞］辭書形】＋なら。表示接受了對方所説的事情、狀態、情況後，説話人提出了意見、勸告等。

6 ▢＋てもらう

（我）請（某人為我做）…

例句 彼女に助けてもらいました。

請她幫忙。

【動詞て形】＋もらう。表示請求別人做某行為，且對那一行為帶著感謝的心情。

〔替換單字・短句〕
□ お金を貸して　借（我）錢
□ 日本語を教えて　教（我）日語
□ 友達を紹介して　介紹朋友（給我）

⑦ 小知識大補帖

▶ 在日本搭計程車

　　如果你在日本，電車或公車不是選項，那就試試計程車吧！在日本搭計程車幾乎像體驗未來科技，車門會自動為你開關，讓你完全不需動手。但美中不足，就是這樣的便利你得支付更高的價格。

　　告訴司機你的目的地時，只需一句「○○までお願いします」（請送我到○○）。如果你對目的地的發音沒把握，不妨這樣説「ここまでお願いします」（請送我到這裡），然後拿出你的地圖或手機顯示給司機看。需要停車時，只需輕鬆一説：「ここで止めてください」（請在這裡停車）。看，是不是很簡單？就這樣，你已經可以自在遨遊日本了！

常用的表達關鍵句

＊{ } 內也可自行帶入其他詞彙、短句喔！

01 表示授受關係

→ {わたしは木村さんに湯飲み} をもらいました／{我從木村先生那裡} 得到 {一只茶碗}。

→ {資料} を {印刷し} てもらいます／{我} 請人幫忙 {將資料打印}。

→ {A工業に電話をすると教え} てもらえます／{我} 得到了 {要我致電給A工業產業的口信}。

→ {先生にいい本} をいただきました／{我從老師那裡} 得到了 {一本好書}。

→ {先生にスピーチの原稿} を {直し} ていただきます／{老師} 為 {我修潤演講稿}。

→ {母はわたしに着物} をくれます／{母親} 給我 {一襲和服}。

→ {彼女は私によい席を見つけ} てくれた／{她} 替我 {找} 了 {一個好位置}。

→ {手伝っ} てくれませんか／可以幫我 {一個忙} 嗎？

→ {先生は私に希望と自信} をくださいました／{老師} 給了我 {希望和自信}。

02 表示說明

→ {私の眼鏡、確かここに置いた} のです（のだ）／{我確實} 是 {將眼鏡放在這裡} 的。

→ {いつも「元気で健康でありたい」と思う} のは {願い} です／{能永遠健康且朝氣蓬勃} 是 {我的心願}。

→ {日曜日はテニスを} することが多い／{星期日} 通常會 {去打網球}。

03 表示委婉表現

→ {深い森の中にはたくさんの動物がいる} だろう／{森林深處住著許多小動物} 吧。

→ {東京の地下鉄の路線はとても複雑} であろう／{東京的地鐵路線相當複雜} 吧。

關鍵字記單字

▶關鍵字	▶▶▶單字	
多い おお 多的	□ ほとんど	大體，大部分
	□ 中々 なかなか	頗，很，非常；相當
	□ 大分 だいぶ	很，相當地
	□ 十分 じゅうぶん	十分，充分，足夠，充裕
	□ 以上 いじょう	以上，不少於，不止，超過，以外；以上，上述
	□ 億 おく	指數目非常多
	□ 一杯 いっぱい	滿，充滿於特定場所中
	□ 一杯 いっぱい	數量很多
	□ 深い ふか	濃厚
	□ 多い おお	多的，數目或者分量大，數量、次數等相對較大、較多
	□ 過ぎる す	超過；過度；過分；太過
	□ 勝つ か	超過；超越
	□ 足りる た	（對於正在做的事情來說是）夠用的、可以的
少ない すく 少、不多	□ 偶に たま	有時，偶爾
	□ 一度 いちど	一下，隨時，稍微
	□ 気持ち きも	小意思，心意，對於自己的用心表示謙遜時使用的自謙語
	□ 経済 けいざい	經濟實惠，少花費用或工夫，節省
	□ 少ない すく	少，不多
	□ 浅い あさ	顏色淡的，顏色淺的
	□ 浅い あさ	淺薄的，膚淺的
	□ 珍しい めずら	（事情）少有，罕見
	□ 下がる さ	（價格、行情）下降，降低，降價
	□ 空く す	某空間中的人或物的數量減少

▸ 假日安排

暇だったら出かけます。
如果有空的話就會出門。

週末は近くを散歩します。
週末會在附近散步。

家でのんびりします。
我會在家裡悠哉休息。

いろいろな店を見て回ります。
我會去逛各種商店。

彼氏とデートをします。
我會和男朋友約會。

友だちとおいしいものを食べに行きます。
會和朋友去吃好吃的。

たまに温泉に行きます。
偶爾去個泡溫泉。

旅行をします。
我去旅行。

家の掃除をします。
我會打掃家裡。

私は料理教室に通っています。
我在上烹飪課程。

最近、柔道を習い始めました。
最近開始學柔道。

週末は仕事で忙しくなると思います。
我想週末應該會忙著工作。

友だちとコンサートに行きます。
我會和朋友去聽演唱會。

テニスをしに行きます。
我會去打網球。

▶ 打電話

高橋さん、いっらしゃいますか。
高橋先生在嗎？

どちら様でしょうか。
您是哪位？

智子と申しますが、桜子さんをお願いします。
我叫做智子，麻煩請櫻子小姐聽電話。

はい、少々お待ちください
是的，請稍等一下。

今話せないので後でかけ直します
我現在不方便講電話，等下再打電話給你。

10分したらかけ直してくれますか。
你可以 10 分鐘之後再打過來嗎？

今、外出しています。
他現在外出。

すぐ戻ると思います。
我想他馬上就會回來。

何時ごろ帰ってくるかわかりません。
我不知道他幾點會回來。

何か伝えましょうか。
請問需要幫您留言給他嗎？

お電話番号をお願いします。
請問您的電話號碼是？

では、失礼します。
那麼，再見。

▶ 搭計程車

電話でタクシー呼びましょう。
打電話叫計程車吧。

タクシーを一台呼んでください。
請幫我叫一台計程車。

東京駅までお願いします。
請到東京車站。

そこまでどれくらいかかりますか。
到那裡要花多少時間？

道は混んでいますか。
路上塞車嗎？

右に曲がってください。
請向右轉。

まっすぐ行ってください。
請直走。

次の信号の手前で止めてください。
請在下個紅綠燈前停車。

ここで止めてください。
請在這裡停車。

タクシーは使わないで電車で行きましょう。
我們不要搭計程車，改搭電車前往吧！

もんだい

5

讀完包含以日常話題或情境為題材等，約 450 字左右的簡易撰寫文章段落之後，測驗是否能夠理解其內容。

理解內容／中文

考前要注意的事

▶ 作答流程 & 答題技巧

| 閱讀說明 | 先仔細閱讀考題說明 |

↓

| 閱讀 問題與內容 | 預估有 4 題 |

1 考試時建議先看提問及選項，再看文章。解題關鍵就在掌握文章結構「開頭是主題、中間說明主題、最後是結論」了。

2 閱讀約 450 字的中篇文章，測驗是否能夠理解文章的內容。以日常生活話題或情境所改寫的簡單文章。

3 提問一般用，造成某結果的理由「〜はどうして〜か」、文章中的某詞彙的意思「〜とは、何ですか」、作者的想法或文章內容「作者はどうして〜ですか」的表達方式。

4 還有，選擇錯誤選項的「正しくないものどれですか」也偶而會出現，要仔細看清提問喔！

↓

| 答題 | 選出正確答案 |

Track 25

つぎの文章を読んで、質問に答えてください。答えは、1・2・3・4から、いちばんいいものを一つえらんでください。

　最近の日本では、お父さんやお母さんが仕事で忙しかったり、子どもが勉強で忙しかったりで、家族ひとりひとりが違う時間に食事をする家庭が増えています。特に、子どもが中学生や高校生になって自分の時間を持つようになると、家族みんなで食事をするのが難しくなるようです。

　一人で食べるのとだれかといっしょに食べるのは、違います。例えば、一人のときは、おはしの持ち方が正しくなかったり、ちゃんと座らないで食べたりしても、だれも注意しません。でも、だれかといっしょのときには、食べ方や座り方にも気をつけなければいけません。

　家族がいっしょに食事をするのはとても大切なことです。できれば、テレビをつけないで、きょうどんなことがあったか話をしながら食事をしましょう。そうすれば、きょうはお兄さんは元気があるなあ、お姉さんはよく笑うなあ、お父さんは疲れていそうだなあ、と家族の様子がよくわかります。上手に時間を作って、1週間に1回は、家族みんなでごはんを食べるようにしてみませんか。

30 日本ではどのように食事をする人が増えていますか。

1 家族といっしょに食事をする人。

2 中学生や高校生の友だちと食事をする人。

3 お父さんやお母さんと食事をする人。

4 一人で食事をする人。

31 家族が違う時間に食事をするのはどうしてですか。

1 家族みんなが忙しいことが多いから。

2 一人で暮らしているから。

3 一人でいることが好きだから。

4 テレビを見ながら食べたいから。

32 一人で食べるのとだれかといっしょに食べるのは、違いますとありますが、どんなことが違いますか。

1 食べるものが違います。

2 好きなものが違います。

3 食べ方や座り方が違います。

4 使うお茶碗やお皿が違います。

33 家族といっしょに食事をすると、どんないいことがありますか。

1 テレビをつけなくなります。

2 元気になります。

3 家族のことがよくわかります。

4 話が上手になります。

IIII

もんだい5　Reading

つぎの文章を読んで、質問に答えてください。答えは、1・2・3・4から、いちばんいいものを一つえらんでください。

> 　最近の日本では、**お父さんやお母さんが仕事で忙しかったり、子どもが勉強で忙しかったりで、家族ひとりひとりが違う時間に食事をする家庭が増えています。**特に、子どもが中学生や高校生になって自分の時間を持つようになると、家族みんなで食事をするのが難しくなるようです。　——文法詳見 P136
>
> 30.31題 關鍵句
>
> 　一人で食べるのとだれかといっしょに食べるのは、違います。例えば、**一人のときは、おはしの持ち方が正しくなかったり、ちゃんと座らないで食べたりしても、だれも注意しません。でも、だれかといっしょのときには、食べ方や座り方にも気をつけなければいけません。**
>
> 32題 關鍵句
>
> 　家族がいっしょに食事をするのはとても大切なことです。できれば、テレビをつけないで、きょうどんなことがあったか話をしながら食事をしましょう。**そうすれば、きょうはお兄さんは元気があるなあ、お姉さんはよく笑うなあ、お父さんは疲れていそうだなあ、と家族の様子がよくわかります。**上手に時間を作って、1週間に1回は、家族みんなでごはんを食べるようにしてみませんか。　——文法詳見 P136
>
> 33題 關鍵句

- □ 忙しい　忙碌的
- □ 勉強　唸書
- □ ひとりひとり　每一個人
- □ 違う　不同
- □ 家庭　家庭
- □ 増える　增多
- □ 難しい　困難的
- □ 例えば　比方說
- □ おはし　筷子
- □ 持ち方　（筷子的）拿法
- □ 正しい　正確的
- □ ちゃんと　好好地
- □ 注意する　提醒；注意
- □ 食べ方　吃相；吃法
- □ 座り方　坐姿
- □ 元気　有精神；活力
- □ 疲れる　疲累
- □ 様子　樣子
- □ 上手　高明；巧妙；擅長
- □ 暮らす　生活

請閱讀下列文章並回答問題。請從選項 1 · 2 · 3 · 4 當中選出一個最恰當的答案。

最近在日本，父母忙於工作，小孩忙著唸書，家人吃飯的時間都不同，像這樣的家庭日漸增多。特別是當小孩上了國中或高中，有了自己的時間，全家一起吃頓飯也似乎越來越難了。

獨自吃飯和跟別人一起吃飯是不同的。比方說，一個人的時候，拿筷子的方式即使不正確，坐姿再怎麼不好看，也不會有人提醒你；不過，和別人在一起的時候，就不得不注意吃相或坐姿了吧。

和家人一起用餐是非常重要的。如果可以，吃飯時不要打開電視，一邊用餐一邊聊聊今天發生了什麼事吧！如此一來，就能好好地觀察家人的樣子，像是今天哥哥很有精神、姊姊常常大笑、爸爸看起來很累等等。要不要試試看找出時間，一週至少一次和全家人吃頓飯呢？

段落主旨

第一段	指出現在日本的用餐情況並說明原因。
第二段	說明獨自用餐和與他人用餐的不同。
第三段	點出全家一起吃飯的好處及重要性。

-- Answer **4**

<u>30</u> 日本ではどのように食事をする人
　　が増えていますか。
1　家族といっしょに食事をする人。
2　中学生や高校生の友だちと食事を
　　する人。
3　お父さんやお母さんと食事をする人。
4　一人で食事をする人。

<u>30</u> 請問在日本日漸增多的是怎樣吃
　　飯的人呢？

1　和家人一起吃飯的人。
2　和國中或高中同學一起吃飯的人。
3　和爸爸或媽媽吃飯的人。
4　獨自吃飯的人。

-- Answer **1**

<u>31</u> 家族が違う時間に食事をするのは
　　どうしてですか。
1　家族みんなが忙しいことが多いから。
2　一人で暮らしているから。
3　一人でいることが好きだから。
4　テレビを見ながら食べたいから。

<u>31</u> 請問為什麼家人都各自在不同的
　　時間吃飯呢？

1　因為家人都有很多要忙的事。
2　因為自己一個人住。
3　因為喜歡自己一個人。
4　因為想邊看電視邊吃飯。

選項1「和家人一起吃飯的人」。這個選項不正確，文章中提到現代的生活方式使得家人難以一起用餐，「家族ひとりひとりが違う時間に食事をする家庭が増えています」（家庭中每個人都在不同時間吃飯的情況正在增加），這表明共同用餐的人數正在減少。

> 「～ようになる」（變得…）表示能力、狀態或行為的改變。「～ようだ」（好像…）表示說話者依據種種情況來進行主觀的推測。

選項2「和國中或高中同學一起吃飯的人」。這個選項同樣不正確，文章沒有提及與同學一起用餐的情況，因此這與問題無關。

選項3「和爸爸或媽媽吃飯的人」。這個選項也不符合，因為文中明確指出由於父母工作等原因，家庭成員難以一同用餐（如選項1的解釋）。

選項4「獨自吃飯的人」。這是正確的選項。文章明確指出由於家庭成員各自忙碌，導致家庭中每個人都在不同時間吃飯的情況正在增加，意味著更多人獨自用餐。

選項1「因為家人各忙各的」。文章第一句明確指出「お父さんやお母さんが仕事で忙しかったり、子どもが勉強で忙しかったりで、家族ひとりひとりが違う時間に食事をする家庭が増えています」，這表明由於父母忙於工作和孩子忙於學業，導致全家人無法在同一時間共進晚餐。這與選項1完全相符。

> 「どうして」和「なぜ」一樣，都是用來詢問原因、理由的疑問詞。

選項2「因為自己一個人住」。這個選項提到的是單身生活，但文章討論的是家庭成員間的狀況，因此與問題情境不符。

選項3「因為喜歡一個人」。文章中沒有提及家庭成員喜歡獨自一人進食的情感原因，這個選項與文章討論的主題不相關。

選項4「因為想邊看電視邊吃飯」。雖然看電視吃飯可能是一些家庭的習慣，但文章中並未提及這作為分開用餐時間的原因，所以這個選項也是不符合的。

IIII もんだい5　Reading

 Answer 3

32 一人で食べるのとだれかといっしょ
に食べるのは、違いますとあります
が、どんなことが違いますか。
1 食べるものが違います。
2 好きなものが違います。
3 食べ方や座り方が違います。
4 使うお茶碗やお皿が違います。

32 文章中提到獨自吃飯和跟別人一
起吃飯是不同的，請問是什麼不
同呢？
1 食物不同。
2 喜歡的東西不同。
3 吃相和坐姿不同。
4 使用的碗盤不同。

Answer 3

33 家族といっしょに食事をすると、
どんないいことがありますか。
1 テレビをつけなくなります。
2 元気になります。
3 家族のことがよくわかります。
4 話が上手になります。

33 請問和家人一起用餐有怎樣的好
處呢？
1 不再打開電視。
2 變得有精神。
3 瞭解家人。
4 講話變得有技巧。

選項1「吃的東西不同」。文章中沒有提到吃的東西，會因為是一人還是多人用餐而有所不同，因此這個選項與文中的討論不符。

選項2「喜歡的食物不同」。文章中也未提及喜歡的食物，會因用餐方式不同而有所差異，所以這個選項同樣不適用。

選項3「吃的方式和坐姿不同」。文章明確指出「一人のときは、おはしの持ち方が正しくなかったり、ちゃんと座らないで食べたりしても、だれも注意しません。でも、だれかといっしょのときには、食べ方や座り方にも気をつけなければいけません」，這句話直接解釋了獨自用餐時可能不會注意餐桌禮儀，但與人一起用餐則需要注意這些行為，完全符合這個選項。

選項4「使用的飯碗和盤子不同」。文中未有提到用具的選擇，會因用餐方式不同而改變，故此選項與文章的內容無關。

選項1「不再開電視」。文章中提到了一起吃飯時應該避免看電視，以促進交流，但這並非直接好處，而是一種建議的環境設置。

選項2「會變得有精神」。儘管文章中提到與家人一起用餐時，可以觀察到誰「元気がある」（精神好），這不是一起用餐帶來的好處，而是觀察到的現象。

選項3「能更好地了解家人」。文章中直接提到「そうすれば、きょうはお兄さんは元気があるなあ、お姉さんはよく笑うなあ、お父さんは疲れていそうだなあ、と家族の様子がよくわかります」。這表明共餐可以讓人更好地理解家人的情況和心情，完全對應這個選項。

選項4「會變得更會說話」。文章並未提及一起用餐會直接提升說話技巧。雖然一起用餐可能增進溝通，但這不是文中直接提到的益處。

「例えば」（比方說）用在比喻說明的時候。「〜に気をつける」意思是「留意…」，格助詞要用表示對象的「に」。「動詞未然形＋なければいけない」（不能不…）用來說明在這個情況之下該怎麼做才是最理想的，雖然帶有「本來就該如此」的強制語感，但其實要做不做還是取決於個人。

🖉 **文法と萬用句型**

【動詞辭書形；動詞可能形】＋ようになる。表示是能力、狀態、行為的變化。大都含有花費時間，使成為習慣或能力。動詞「なる」表示狀態的改變。

❶ 〔　　　〕＋ようになる　（變得）…了

例句 練習して、200メートルぐらい泳げるようになった。

練習後，能游 200 公尺左右了。

〔替換單字・短句〕
- □ やっと箸を持てる　終於會用筷子
- □ この曲を弾ける　會彈這首曲子
- □ 家事をできる　會做家事

【名詞の；形容動詞詞幹な；[形容詞・動詞]普通形】＋ようだ。用在從各種情況推測人或事物是後項的情況，通常是説話人主觀的推測。

❷ 〔　　　〕＋ようだ

好像…；像…一樣的、如…似的

例句 公務員になるのは、難しいようです。

要成為公務員好像很難。

【名詞の；動詞辭書形；動詞た形】＋ようだ。把事物的狀態、形狀、性質及動作狀態，比喻成一個不同的其他事物。

例句 白雪姫は、肌が雪のように白く、美しかった。

白雪公主的肌膚像雪一樣白皙，非常美麗。

【動詞辭書形；動詞否定形】＋ようにする。表示説話人將前項的行為、狀況當作目標而努力，或是説話人建議聽話人採取某動作、行為時。

❸ 〔　　　〕＋ようにする

爭取做到…；設法使…；使其…

例句 エレベーターには乗らないで、階段を使うようにしている。

現在都不搭電梯，而改走樓梯。

❷ 小知識大補帖

▶ **日本人的用餐禮儀**

　　日本人非常講究用餐禮儀。用餐時，應拿著碗以碗就口，順序是先捧起碗再舉筷子。如果中途需要用別的碗，也應該先放下筷子，換碗後再重新拿筷子。用餐到一半時，台灣人多習慣將筷子橫放在碗上「休息」，但這個舉動對日本人而言非常不禮貌。在日本餐廳，餐桌上多有「筷架」，如果要將筷子放下，必須放於筷架之上，如果沒有筷架，可以用筷子的包裝摺一個。

　　另外，日語中有個俗語叫「迷い箸」，是指吃飯時不知道該夾哪一個，而把筷子懸在食物上挑選的行為。這種"舉筷不定"的行為也非常失禮。

　　其他在餐桌上不禮貌的行為還有「移り箸」，意思是夾了一道菜卻沒吃，緊接著又夾下一道菜。「刺し箸」是指將筷子插進食物中食用，這種用法在台灣稀鬆平常，但到了日本，這個行為也很不禮貌。

　　各國國情不同，沒有絕對的對錯。不過入境隨俗，如果到日本餐廳用餐，就尊重當地的文化與禮節吧！

常用的表達關鍵句

＊{ } 內也可自行帶入其他詞彙、短句喔！

01 表示變化

→ {髪が早く乾く} ようになります／{頭髮乾燥的速度} 變 {快}。

→ {用事が入ったので行け} なくなりました／{突然有要事} 無法 {前往} 了。

→ {入口は少し狭} くします／將 {入口稍微} 縮 {窄}。

→ {心とか体を丈夫} にします／讓 {心志和體魄} 變得 {強韌}。

→ {子どもの数がだんだん減っ} ていきます／{孩童的人數} 持續在 {減少}。

→ {店にお客様がどんどん入っ} てきます／{客人一個勁兒地湧進店裡} 來。

02 表示婉轉的斷定

→ {子どもたちはとても真面目な} ようだ／{孩子們} 似乎 {非常投入}。

→ {悩みは無駄} である（だ、です）／{擔心煩惱} 是 {沒用的}。

→ {その言い方は失礼} ではないか／{那樣的說法} 不是 {有些失禮} 嗎？

→ {二人は明らかに喧嘩している} のがわかる／看得出來 {兩人確實正在吵架}。

→ {みんなで意見を出し合って、決めた} と考える／我認為 {這件事是大家經過意見的交流後一起決定的}。

03 表示習慣

→ {できるだけ外出しない} ようにしてあります／都 {盡可能避免外出}。

→ {なるべく外食はしない} ようにしています／都 {盡量不吃外食}。

04 表示進行思考

→ {来年、留学試験を受け} てみてください／{明年} 請試著 {參加留學考試}。

→ {どのような条件が必要なのか} を考えてみよう／試著想想看 {什麼樣的條件是必要的} 吧。

關鍵字記單字

▶關鍵字	▶▶▶單字	
難しい _{むずか} 困難的	□ やっと	好不容易，終於，才
	□ 無理 _{む り}	難以辦到，勉強；不合適
	□ 複雑 _{ふくざつ}	複雜，結構或關係錯綜繁雜
	□ 難い _{にく}	困難；不好辦
	□ 厳しい _{きび}	困難
	□ 酷い _{ひど}	（程度）激烈，兇猛，厲害，嚴重
	□ 駄目 _{だ め}	白費，無用；無望
加える _{くわ} 添加	□ それに	而且，再加上
	□ けれど・けれども	也，又，更
	□ もう一つ _{ひと}	再一個
	□ アクセサリー 【accessary】	裝飾品，服飾
	□ イヤリング 【earring】	耳環，耳飾，掛在耳朵上的飾物
	□ 指輪 _{ゆび わ}	戒指，指環
	□ 添付 _{てん ぷ}	添上；付上
	□ 増える _ふ	增加，增多
	□ 足す _た	添；續；補上
	□ 飾る _{かざ}	裝飾，裝點
備える _{そな} 準備、防備	□ お大事に _{だい じ}	請多保重
	□ 準備 _{じゅん び}	準備，預備；籌備
	□ 支度 _{し たく}	準備；預備
	□ 用意 _{よう い}	準備，預備
	□ 注意 _{ちゅう い}	注意，留神；當心，小心；仔細；謹慎；給建議、忠告

Track 26

つぎの文章を読んで、質問に答えてください。答えは、1・2・3・4から、いちばんいいものを一つえらんでください。

　夜おふろに入る人と朝おふろに入る人と、どちらが多いでしょうか。最近見たある雑誌には、80％の人が夜おふろに入っていると書いてありました。

　夜おふろに入る理由は、疲れた体をゆっくり休めることができるからと答えた人がほとんどでした。おふろで本を読んだり音楽を聴いたりするという人もいますし、最近では、テレビを見ながらおふろに入るという人も増えているそうです。中には何時間もおふろに入るという人もいて、驚きました。

　外国では、朝シャワーを浴びる人が多いですが、日本でもだいたい20％の人が朝おふろに入っています。女性より男性のほうが、朝おふろに入る人が多いそうで、これはとてもおもしろいことだと思いました。夜おふろに入っている人の中にも、もし時間があれば、朝おふろに入りたいという人もいました。

　このように、生活習慣はひとりひとり違います。結婚してから、おふろのことでけんかしたという人もいます。体をきれいにして、ゆっくり休めることが大切ですから、自分に合った方法でおふろを楽しむのがいいでしょう。

30 日本では、いつおふろに入る人が多いですか。

1 夜　　　　　　　　　　　2 朝

3 朝と夜　　　　　　　　　4 テレビを見るとき

31 夜おふろに入る理由は、どれが多いですか。

1 疲れた体をゆっくり休めたいから。

2 本を読んだり、音楽を聴いたりしたいから。

3 テレビを見たいから。

4 シャワーを浴びるのは大変だから。

32 作者はどんなことがおもしろいことだと思いましたか。

1 外国では、シャワーを浴びる人が少ないこと。

2 日本でも20％ぐらいの人が、朝シャワーを浴びていること。

3 女性より男性のほうが、朝おふろに入る人が多かったこと。

4 男性より女性のほうが、朝おふろに入る人が多かったこと。

33 この文では、どのようにおふろを楽しむのがいいと言っ

ていますか。

1 結婚してから楽しむほうがいいです。

2 楽しむのではなく、体をきれいにしたり、休めたりしな

ければいけません。

3 時間があれば、できるだけおふろに入って楽しむほうが

いいです。

4 自分に合ったやり方で楽しむのがいいです。

つぎの文章を読んで、質問に答えてください。答えは、1・2・3・4から、いちばんいい
ものを一つえらんでください。

夜おふろに入る人と朝おふろに入る人と、どちらが多いでしょうか。最近見
たある雑誌には、**80%の人が夜おふろに入っている**と書いてありました。

**夜おふろに入る理由は、疲れた体をゆっくり休めることができるからと答え
た人がほとんどでした。** おふろで本を読んだり音楽を聴いたりするという人も
いますし、最近では、テレビを見ながらおふろに入るという人も増えているそ
うです。中には何時間もおふろに入るという人もいて、驚きました。
└文法詳見P148

外国では、朝シャワーを浴びる人が多いですが、日本でもだいたい20%の人
が朝おふろに入っています。**女性より男性のほうが、朝おふろに入る人が多い**
└文法詳見P148┘
そうで、これはとてもおもしろいことだと思いました。 夜おふろに入っている
人の中にも、もし時間があれば、朝おふろに入りたいという人もいました。
└文法詳見P148　　└文法詳見P149

このように、生活習慣はひとりひとり違います。結婚してから、おふろのこ
とでけんかしたという人もいます。体をきれいにして、ゆっくり休めることが
大切ですから、**自分に合った方法でおふろを楽しむのがいいでしょう。**

> 30題
> 關鍵句
> 31題
> 關鍵句
> 32題
> 關鍵句
> 33題
> 關鍵句

- □ おふろに入る　洗澡；
  泡澡
- □ ある　某個
- □ 理由　理由
- □ ゆっくり　悠閒地
- □ 休める　能休息
- □ 答える　回答
- □ 驚く　令人吃驚
- □ 外国　國外
- □ シャワーを浴びる
  【showerを浴びる】
  沖澡
- □ もし　如果

- □ 生活　生活
- □ 習慣　習慣
- □ 結婚する　結婚
- □ けんか　吵架
- □ 自分　自己
- □ 楽しむ　享受
- □ 大変　辛苦；糟糕
- □ やり方　做法

請閱讀下列文章並回答問題。請從選項1・2・3・4當中選出一個最恰當的答案。

　　晚上泡澡的人和早上泡澡的人，哪種人比較多呢？最近我看一本雜誌，上面寫說80%的人是在晚上泡澡。

　　關於在晚上泡澡的理由，大多數的人都回答「因為可以讓疲憊的身體獲得充分的休息」。有人會在泡澡的時候看書或聽音樂，而最近也越來越多人會邊看電視邊泡澡，其中有些人甚至可以一泡就泡好幾個鐘頭，真讓人大吃一驚。

　　在國外，早上沖澡的人很多，日本也有約20%的人會在早上泡澡。比起女性，聽說比較多的男性會在早上泡澡，我覺得這是個非常有趣的現象。習慣晚上泡澡的人當中，如果時間充足，也有人會想在早上泡澡。

　　像這樣每個人的生活習慣都不一樣。也有人結婚後因為洗澡的事情吵架。洗淨身體和充分休息是很重要的，不妨用適合自己的方法來享受泡澡吧。

段落主旨

第一段	開門見山點出晚上洗澡的人比較多。
第二段	承接上一段說明原因，並介紹各種洗澡習慣。
第三段	話題轉到早上洗澡的人的情況。
第四段	結論：每個人的洗澡習慣都不同，可以找出適合自己的方法。

Answer 1

30 日本では、いつおふろに入る人が
多いですか。

1 夜

2 朝

3 朝と夜

4 テレビを見るとき

30 請問在日本，什麼時候泡澡的人
比較多呢？

1 晚上

2 早上

3 早上和晚上

4 看電視時

Answer 1

31 夜おふろに入る理由は、どれが多
いですか。

1 疲れた体をゆっくり休めたいから。

2 本を読んだり、音楽を聴いたりし
たいから。

3 テレビを見たいから。

4 シャワーを浴びるのは大変だから。

31 請問晚上泡澡最多的理由是什麼？

1 因為想讓疲累的身體充分休息。

2 因為想看書或聽音樂。

3 因為想看電視。

4 因為沖澡很麻煩。

解題攻略

選項1「晚上」。文章中第一段明確指出「80％の人が夜おふろに入っている」（80％的人在晚上洗澡），這明確指示大多數人選擇晚上洗澡，這是直接的事實陳述。

「AとB(と)、どちらが〜か」(A和B，哪個比較…？)是二選一的疑問句型，用來比較A、B兩者。

選項2「早上」。文章提到約20％的人選擇在早上洗澡，這相對於晚上來說少很多，因此這不是正確答案。

選項3「早上和晚上」。雖然有提到有些人在早上和晚上都會洗澡，但文中沒有指出這種習慣的比例超過單獨晚上洗澡的人，因此不適合作為答案。

選項4「看電視時」。文中提到一些人會邊看電視邊洗澡，但這並不代表這是洗澡的主要時段，而且這更多是描述洗澡時的活動，而非洗澡的時間。

選項1「想讓疲累的身體充分休息」。文中指出大多數人晚上洗澡是為了「疲れた体をゆっくりと休めることができるからと答えた人がほとんどでした」（大多數的人都回答，因為可以讓疲憊的身體獲得充分的休息）」，這顯示這是主要且普遍的理由。

「〜ことができる」(能夠…)用來表示有能力、有辦法去完成某件事情。「〜という」用來引用別人的說話內容，或是可以解釋成「像這樣的…」。「〜そうだ」(聽說…)表示消息來源是從其他地方得來的，傳聞的「そうだ」前面要接續動詞普通形、「名詞＋だ」、形容詞普通形、「形容動詞語幹＋だ」。

選項2「想要邊讀書或邊聽音樂」。雖然文中提到有人在浴室內讀書或聽音樂，但這並非主要原因，更多是描述　個附加的活動。

選項3「想要看電視」。文章確實提到有人邊洗澡邊看電視，但這不是大部分人的主要理由。

選項4「沖澡很麻煩」。文章中沒有提到這個理由，不符合文意。

--- Answer **3**

[32] 作者はどんなことがおもしろいこ
とだと思いましたか。

1　外国では、シャワーを浴びる人が
　　少ないこと。
2　日本でも20％ぐらいの人が、朝シャ
　　ワーを浴びていること。
3　女性より男性のほうが、朝おふろ
　　に入る人が多かったこと。
4　男性より女性のほうが、朝おふろ
　　に入る人が多かったこと。

[32] 請問作者覺得什麼是有趣的現象
呢？

1　在國外沖澡的人很少。
2　在日本也約有 20％的人會在早上
沖澡。
3　早上泡澡的男性比女性多。
4　早上泡澡的女性比男性多。

--- Answer **4**

[33] この文では、どのようにおふろを楽
しむのがいいと言っていますか。

1　結婚してから楽しむほうがいいです。
2　楽しむのではなく、体をきれいにした
　　り、休めたりしなければいけません。
3　時間があれば、できるだけおふろ
　　に入って楽しむほうがいいです。
4　自分に合ったやり方で楽しむのが
　　いいです。

[33] 請問這篇文章說要如何享受泡澡
呢？

1　結了婚再來享受比較好。
2　不是享受，而是一定要把身體洗
乾淨並休息。
3　有時間的話，盡可能地泡澡享受
比較好。
4　用適合自己的方法來享受比較好。

選項1「在國外沖澡的人很少」。文章中沒有提到外國沖澡的少，反而提到在外國沖澡的人多。

選項2「在日本，大約20%的人會在早上沖澡」。這個信息在文中被提及，但沒有被作者標記為特別有趣。

選項3「早上泡澡的男性比女性多」。這是文中提到的有趣現象，並且是被直接連接到作者的感受「これはとてもおもしろいことだと思いました」，顯示這是作者認為有趣的部分。

選項4「早上泡澡的女性比男性多」。這個選項和事實相反，文章說的是男性比女性多。

> 「～と思う」表示說話者個人的想法、感受。「～ば」（假如…）帶有假設語氣，表示如果滿足前項條件，說話者就希望或準備採取後項行為，「～ば」的前面有時候也會加個「もし」（如果）。

選項1「建議在結婚後才享受洗澡」。文章中並沒有提到結婚與享受洗澡的關聯，這一選項與問題無關。

選項2「不是為了樂趣，而是必須保持清潔和休息」。此選項對立於文章的建議，文章鼓勵找到個人喜好的洗澡方式，並非僅僅是為了清潔或休息。

選項3「如果有時間，應盡量進入浴室享受」。雖然這個選項看似正面，但它強調「如果有時間」這一前提條件，而文章中提倡的是根據個人情況來適應。

選項4「應該選擇最適合自己的方式來享受」。這一選項直接反映了文章最後一句的建議，即享受洗澡應該根據個人的偏好和狀況，來選擇最適合的方式。

> 「このように」（誠如以上所述）經常用來做總結，作用是承接上面所說的內容，進行歸納或分析。「動詞ます形＋方」（「方」唸成「かた」），表示做某個動作的方法。

🖊 **文法と萬用句型**

【名詞；普通形】＋という。
用於針對傳聞、評價、報導、
事件等內容加以描述或說
明。前面接名詞，表示後項
的人名、地名等名稱。

❶ ＿＿＿＿＋という　…的…；叫做…

例句 台風が近づいたというニュースを見た。
看到颱風接近的新聞。

例句 最近、<u>堺照之</u>という<u>俳優</u>は人気があります。
最近有位名叫<u>堺照之</u>的演員很受歡迎。

〔替換單字・短句〕
□ **桜・映画** 櫻花・電影
□ **クレマチス・花** 鐵線蓮・花

【名詞；[形容詞・動詞]普
通形】＋より（も、は）＋【名
詞の；[形容詞・動詞]普通
形；形容動詞詞幹な】＋ほ
う。表示對兩件事物進行比
較後，選擇後者。「ほう」是
方面之意。被選上的用「が」
表示。

❷ ＿＿＿＿＋より＋＿＿＿＿＋ほう
…比…、比起…，更…

例句 暇よりは忙しい方がいいです。
比起空閒，更喜歡忙碌。

【[名詞・形容詞・形容動詞・
動詞]普通形】＋とおもう。
表示說話者有這樣的想法、
感受、意見。「とおもう」
只能用在第一人稱。前面接
名詞或形容動詞時要加上
「だ」。

❸ ＿＿＿＿＋と思う　覺得

…、認為…、我想…、我記得…

例句 吉村先生の授業は、<u>面白い</u>と思います。
我覺得吉村老師的課很有趣。

〔替換單字・短句〕
□ **大変だ** 很辛苦　□ **簡単だ** 很簡單

4　　　　**＋ば**　　如果…的話、假如…、如果…就…

例句　雨が降れば、空気がきれいになる。

下雨的話，空氣就會變得十分清澄。

> 【形容詞・動詞】假定形；[名詞・形容動詞]假定形】＋ば。敘述一般客觀事物的條件關係。如果前項成立，後項就一定會成立。或後接意志或期望等詞，表示後項受到某種條件的限制。

📝 **小知識大補帖**

▶ **結果好就一切都好**

　　日語中有句「ことわざ」（俗諺）叫做「終わりよければ全てよし」，意思是 "結果好就一切都好"。這裡的「よければ」用的是文法「～ば」，而最後的「よし」則是「よい」（好）的古語用法。所以，無論過程怎樣，只要結果圓滿，大家都會滿意。

▶ **日本的公共澡堂**

　　到日本一定要體驗的就是街頭巷尾都有的公共澡堂！日本的「銭湯」（公共澡堂）早在江戶時代就已經普及，當時的江戶即是現在的東京，是各地大名以及商人聚集之所。根據記載，當時連窮光蛋一天也能上一次澡堂，是一個不分貴賤的公共交流空間。

　　日本人崇尚潔淨，受到宗教文化的影響，泡澡被視為一種追求潔淨的表現。 澡堂不僅是放鬆身心的好地方，也是社區居民的聚會場所。

　　現代的澡堂已經與時俱進，除了提供傳統的入浴設施外，也結合了酒吧或漫畫主題，給人全新的體驗。 在泡澡時，別忘了欣賞澡堂牆上富士山等日本風景的壁畫，這些壁畫已經成為澡堂的一大特色。

　　所以下次去日本，不妨到澡堂，體驗這個獨特的泡澡文化，感受日本人對於清潔與放鬆的獨特理解，讓自己身心都煥然一新吧！

常用的表達關鍵句

01 表示對比、比較

→ {経済学} より {言語学} のほうが {好きです} ／比起 { 經濟學，我 } 更 { 喜歡語言學 }。

→ {科学} は {何} より {もまずデータを大切にしている} ／{ 科學 } 比 { 任何領域都更重視數據 }。

→ {看護士の} ほうが {2倍} ほど {少ないそうだ} ／{ 據說護理師的人數 } 相對 { 少了兩倍 } 之多。

→ {今日} は {昨日} ほど、{暑く} ない／{ 今天 } 不像 { 昨天 } 那麼 { 熱 }。

→ {戦争} と {平和} と、どちらが {お金がかかりますか}？／{ 戰爭 } 和 { 和平 } 哪個 { 花費 } 更 { 龐大的資金呢 }？

→ {職業} の中で、{警官} がいちばん {好きです}／在 { 所有行業 } 之中，{ 我 } 最 { 喜歡警察 }。

→ {サラダ} は {食べました} が、{ステーキ} は {まだです} ／{ 我吃了沙拉 }，但 { 還沒品嚐牛排 }。

→ {素晴らしい海の景色がすご} すぎる／{ 壯闊的海景真是 } 太 { 震撼人心 } 了。

02 表示推測、斷定

→ {入門講座は値段が安い} と思います／我覺得 { 入門課程的價格很是實惠 }。

→ {彼らの意見は、正しい} だろうと思います／我想 { 他們的意見 } 大概是 { 正確的 } 吧。

→ {電車が遅れているね。何か事故があった} らしいです／{ 電車誤點了。} 好像是 { 發生什麼事故了 }。

→ {厳しい暑さが続く} かもしれません／{ 炎熱嚴酷的天氣 } 可能 { 還會持續一段時間 }。

→ {この頃、母は少し体が弱くなった} ようです／{ 這些日子，母親的身子 } 似乎 { 日漸衰弱 }。

關鍵字記單字

▶關鍵字	▶▶單字	
因る ょ 由於、因為	□ に拠ると	根據
	□ だから	因此，所以
	□ それで	因此，因而，所以
	□ 原因 げんいん	原因
	□ 訳 わけ	理由，原因，情由，緣故，情形，成為這種狀態結果的理由
	□ 理由 りゆう	理由，緣故
	□ ため	由於，結果
	□ お陰 かげ	虧得，怪，多虧（因某事物而產生的結果）
	□ はず	道理，理由

答える こた 回答	□ 答え こた	回答，答覆，答應
	□ 答え こた	解答，答案
	□ 返事 へんじ	答應，回答，回話
	□ 返信 へんしん	回信，回電
	□ 挨拶 あいさつ	回答，回話
	□ 御礼 おれい	謝意，謝詞，表示感謝之意，亦指感謝的話
	□ 代わり か	補償；報答

生きる い 生存、生活、有生氣	□ 生活 せいかつ	生活，謀生，維持度日的活動
	□ 社会 しゃかい	社會，世間
	□ 世界 せかい	世界，全球，環球，天下，地球上的所有的國家、所有的地域
	□ 気 き	氣息，呼吸
	□ 盛ん さか	繁榮，昌盛；（氣勢）盛，旺盛
	□ 生きる い	活，生存，保持生命
	□ 生きる い	生活，維持生活，以…為生；為…生活

Track 27

つぎの文章を読んで、質問に答えてください。答えは、1・2・3・4から、いちばんいいものを一つえらんでください。

　日本人は日記が好きだと言われています。日本では、日記に使うノートだけを作っている会社もあります。

　小学生のときには、夏休みの宿題に日記がありました。日記には、その日どんなことをしたか、どこへ行ったか、何を思ったかなどを書きました。何かしたことがある日はいいのですが、夏休みは長いですから、したことが何もない日もあります。そんな日は書くことがないので、とても困ったことを覚えています。

　最近は、インターネットを使って日記を書く人が増えてきました。インターネットに何かを書くのは、前は難しかったのですが、今では簡単な方法があって、これを「ブログ」といいます。日本語で書かれたブログは英語で書かれたものよりも多く、世界でいちばん多いそうです。日本人は、ほかの国の人よりも、書くことが好きだと言えるでしょう。

　日記を書くことに、どのようないい点があるか考えてみました。例えば、その日のよかったこと、悪かったことを思い出して、次はどうすればいいか考えることができます。また、子どもがいる人は、子どもが大きくなる様子を書いておけば、将来大きくなったときに見せてあげることもできます。いろいろな使い方がありますね。

[30] この人は、夏休みの日記にどんなことを書きましたか。

1 おもしろいこと

2 思い出したこと

3 困ったこと

4 したこと、行ったところ、思ったこと

[31] この人は、夏休みに日記を書くとき、どんなことに困りましたか。

1 何をしたかすぐに忘れてしまうこと。

2 書くことがたくさんあって、全部は書けないこと。

3 何もしなかった日に、書くことがないこと。

4 日記を書くのに、時間がかかること。

[32] 日本語で書かれた「ブログ」は世界でいちばん多いとありますが、ここからどんなことがわかりますか。

1 日本人はインターネットが好きだということ。

2 日本人は書くことが好きだということ。

3 日本人は日記に使うノートが好きだということ。

4 日本人は書いたものを子どもに見せるのが好きだということ。

[33] ここではどのような日記の使い方が紹介されていますか。

1 自分や子どものための日記の使い方。

2 夏休みを楽しく過ごすための日記の使い方。

3 外国の人と仲よくなるための日記の使い方。

4 英語が上手になるための日記の使い方。

つぎの文章を読んで、質問に答えてください。答えは、1・2・3・4から、いちばんいいものを一つえらんでください。

日本人は日記が好きだと言われています。日本では、日記に使うノートだけを作っている会社もあります。

小学生のときには、夏休みの宿題に日記がありました。**日記には、その日どんなことをしたか、どこへ行ったか、何を思ったかなどを書きました。** 何かしたことがある日はいいのですが、夏休みは長いですから、**したことが何もない日もあります。そんな日は書くことがないので、とても困ったことを覚えています。**

最近は、インターネットを使って日記を書く人が増えてきました。インターネットに何かを書くのは、前は難しかったのですが、今では簡単な方法があって、これを「ブログ」といいます。日本語で書かれたブログは英語で書かれたものよりも多く、世界でいちばん多いそうです。**日本人は、ほかの国の人よりも、書くことが好きだと言えるでしょう。**

日記を書くことに、どのようないい点があるか考えてみました。例えば、**その日のよかったこと、悪かったことを思い出して、次はどうすればいいか考えることができます。また、子どもがいる人は、子どもが大きくなる様子を書いておけば、将来大きくなったときに見せてあげることもできます。** いろいろな使い方がありますね。

文法詳見 P160　文法詳見 P160

30 題
關鍵句

31 題
關鍵句

32 題
關鍵句

33 題
關鍵句

- □ 日記　日記
- □ 会社　公司
- □ ノート【note】　筆記本
- □ 夏休み　暑假
- □ 宿題　作業
- □ 困る　困擾
- □ 覚える　記得
- □ インターネット【Internet】　網路
- □ 使う　利用；使用

- □ 前　以前
- □ 簡単　簡單
- □ ブログ　部落格
- □ 世界　世界
- □ 思い出す　想起
- □ 将来　將來
- □ いろいろ　各式各様
- □ 使い方　使用方法
- □ 過ごす　度過
- □ 仲よい　感情融洽

請閱讀下列文章並回答問題。請從選項 1・2・3・4 當中選出一個最恰當的答案。

很多人說日本人喜歡日記，在日本甚至有只製作日記本的公司。

小學時期的暑假作業要寫日記。日記裡面寫說那天做了什麼、去了哪裡、在想什麼等等。有事情做的日子倒還好，不過暑假很漫長，所以有的時候沒有事情可以做。這種日子沒有什麼好寫，我還記得我因此感到十分困擾。

最近有越來越多人利用網路寫日記。以前要在網路上寫東西是件難事，不過現在有了簡單的方法，就叫作「部落格」。用日語寫的部落格比用英語寫的部落格還多，據說是全世界最多的。日本人可以說是比其他國家的人還喜歡寫東西吧？

我試著想想寫日記這個行為有什麼樣的好處。比方說可以回想當天的好事、壞事，思考下次該如何應對。還有，有小孩的人也可以寫寫小孩的成長史，等到長大後再拿給他看。有各式各樣的使用方法呢。

段落主旨

第一段	破題點出日本人喜愛日記。
第二段	作者回憶起小學時期暑假寫日記的情形。
第三段	話題轉到網路部落格，再次證明日本人喜歡寫日記。
第四段	說明日記的好處、用法。

Answer **4**

30 この人は、夏休みの日記にどんな
　　ことを書きましたか。

1　おもしろいこと
2　思い出したこと
3　困ったこと
4　したこと、行ったところ、思ったこと

30 請問這個人在暑假的日記裡寫了
　　什麼呢？

1　有趣的事物
2　回想起來的事物
3　困擾的事情
4　做過的事、去過的地方、想法

Answer **3**

31 この人は、夏休みに日記を書くと
　　き、どんなことに困りましたか。
1　何をしたかすぐに忘れてしまうこと。
　　└文法詳見 P160
2　書くことがたくさんあって、全部
　　は書けないこと。
3　何もしなかった日に、書くことが
　　ないこと。
4　日記を書くのに、時間がかかること。

31 請問這個人暑假寫日記的時候，
　　對什麼感到很困擾呢？

1　很快地就忘記自己做過什麼。
2　要寫的東西太多了，寫不下全部。
3　沒做什麼的日子沒東西好寫。
4　寫日記很花時間。

解題攻略

選項1「おもしろいこと」（有趣的事）。文章中並未提到夏休期間專門寫下「有趣的事」，而是更廣泛地描述了日常生活的各種活動。因此，這個選項不完全符合原文的描述。

選項2「思い出したこと」（回憶起的事情）。雖然文章提到了記錄下的內容可能包括對某些事件的回憶，但這並非文章中專門強調的主題，因此這個選項也不是最佳答案。

選項3「困ったこと」（遇到的困難）。文章有提到在沒有特別事情發生的日子裡，作者感到寫日記很困難，但這不是日記內容的主要組成部分，只是表達了寫日記時的一個情感狀態。

選項4「したこと、行ったところ、思ったこと」（做的事情、去的地方、想的事情）。這個選項直接對應到文章中的描述：「日記には、その日どんなことをしたか、どこへ行ったか、何を思ったかなどを書きました」。這句意味著日記中記錄了日常的活動、走訪的地點以及個人的想法，完全符合問題的詢問。

選項1「忘記自己做了什麼」。文章中沒有提到作者寫日記時，忘記自己做過的事情。因此，這個選項與原文的描述不符。

選項2「有太多東西要寫，但無法全部寫下」。文章同樣沒有提及作者因為事件繁多，而無法將所有事情寫入日記的情況，所以這個選項也不正確。

選項3「在什麼也沒做的日子裡，沒有東西可以寫」。文章中明確提到在沒有活動的日子裡，作者感到寫日記困難，因為沒有內容可以填充。對應的日文原句是「そんな日は書くことがないので、とても困ったことを覚えています」。這是與問題完全吻合的描述，是正確答案。

選項4「寫日記需要花費很多時間」。雖然寫日記可能需要時間，但文章中沒有特別提到，時間長短是作者在寫日記時的一個困擾，因此這個選項不是正確答案。

IIII もんだい5　Reading

Answer **2**

32 日本語で書かれた「ブログ」は世界でいちばん多いとありますが、ここからどんなことがわかりますか。

1 日本人はインターネットが好きだということ。
2 日本人は書くことが好きだということ。
3 日本人は日記に使うノートが好きだということ。
4 日本人は書いたものを子どもに見せるのが好きだということ。
└文法詳見 P161

32 文章裡面提到用日語寫的部落格是全世界最多，請問從這邊可以得知什麼事情？

1 日本人很喜歡上網。
2 日本人喜歡寫東西。
3 日本人很喜歡日記本。
4 日本人喜歡把寫下的東西給小孩看。

Answer **1**

33 ここではどのような日記の使い方が紹介されていますか。

1 自分や子どものための日記の使い方。
2 夏休みを楽しく過ごすための日記の使い方。
3 外国の人と仲よくなるための日記の使い方。
4 英語が上手になるための日記の使い方。

33 請問這篇介紹了什麼樣的日記使用方法呢？

1 為了自己或小孩的日記使用方法。
2 為了快樂過暑假的日記使用方法。
3 為了和外國人相處融洽的日記使用方法。
4 為了增進英文能力的日記使用方法。

選項1「日本人喜歡上網」。雖然文章提到了使用網絡的部落格，但這一事實本身不直接表明日本人特別喜歡使用互聯網。因此，這個選項不是最佳答案。

選項2「日本人喜歡寫作」。文章中明確提到：「日本語で書かれたブログは英語で書かれたものよりも多く、世界でいちばん多いそうです。」（據説以日語寫成的部落格比以英語寫的還多，世界上最多。）緊接著解釋説：「日本人は、ほかの国の人よりも、書くことが好きだと言えるでしょう。」（可以説，日本人比其他國家的人更喜歡寫作。）這表明日本人喜歡寫作，是直接從提及的部落格數量推斷出來的結論。

選項3「日本人喜歡使用日記本」。雖然文章一開始提到日記和專門生產日記本的公司，但這與「世界上日語部落格最多」這一事實無直接關聯，因此不是正確的推斷。

選項4「日本人喜歡把寫的東西給孩子看」。這個選項提到的是可能的日記用途之一，但與部落格數量世界最多這一點無關，因此也不是正確答案。

「～てくる」在這邊的語意是「從過去至今」，表示變化持續到現在。「～という」(稱為…)用在介紹的時候，意思是「叫做…」。「～だと言える」意思是「可以說是…」。

選項1「為自己和孩子的日記使用方式」。文章中提到了關於記錄孩子成長的用途：「また、子どもがいる人は、子どもが大きくなる様子を書いておけば、将来大きくなったときに見せてあげることもできます」（此外，對於有孩子的人來說，如果記錄下孩子成長的情況，將來孩子長大後也可以給他們看），這正好說明了這種日記的使用方式，非常符合選項1。

選項2「為了使暑假過得愉快的日記使用方式」。文章沒有提到專門用於讓暑假更愉快的日記使用方法，所以這個選項不符合。

選項3「為了和外國人變得親近的日記使用方式」。文章中沒有提及任何關於使用日記，來和外國人建立良好關係的內容，因此這個選項不正確。

選項4「為了提高英語能力的日記使用方式」。文章中沒有提到使用日記來提高英語技能的方法，所以這個選項也不是正確的答案。

文法と萬用句型

【動詞て形】＋くる。保留「来る」的本意，也就是由遠而近，向説話人的位置、時間點靠近。或表示狀態漸漸改變。

❶ ＿＿＿＿＿＋**てくる**

…來；…起來…、過來…；…（然後再）來…

例句　日本語を学ぶ人が増えてきました。

學習日語的人逐漸增加了。

【動詞て形】＋おく。表示考慮目前的情況，採取應變措施，將某種行為的結果保持下去。「…著」的意思；也表示為將來做準備，事先採取某種行為。

❷ ＿＿＿＿＿＋**ておく**　…著；先…、暫且…

例句　結婚する前に料理を習っておきます。

結婚前先學會做菜。

〔替換單字・短句〕
□ 趣味を作って　培養興趣
□ いろんな所へ旅行して　去很多地方旅行

※「ておけば」為「ておく」的假定形。是「ておく」後加接續助詞「ば」的形式。

【動詞て形】＋あげる。表示自己或站在一方的人，為他人做前項利益的行為。是「〜てやる」的客氣説法。

❸ ＿＿＿＿＿＋**てあげる**　（為他人）做…

例句　私は友達に本を1冊買ってあげた。

我買一本書給朋友。

〔替換單字・短句〕
□ 傘を貸して　借傘
□ 中国語を教えて　教中文

【動詞て形】＋しまう。表示出現了説話人不願意看到的結果，含有遺憾、惋惜、後悔等語氣，這時候一般接的是無意志的動詞，或表示動作或狀態的完成。

❹ ＿＿＿＿＿＋**てしまう**　表感慨；…完

例句　失敗してしまって、悲しいです。

失敗了很傷心。

5　[　　]＋(さ)せる　讓…、叫…

例句　親が子どもに部屋を掃除させた。

父母讓小孩整理房間。

〔替換單字・短句〕
□ 料理をつくら　做飯
□ 家事を覚えさ　學做家事

【[一段動詞・カ變動詞] 使役形；サ變動詞詞幹】＋させる；【五段動詞使役形】＋せる。表示某人用言行促使他人自然地做某種行為。或表示某人強迫他人做某事。

常用的表達關鍵句

＊{ }內也可自行帶入其他詞彙、短句喔！

01 表示選擇性行為

→ {馬に乗って草原を駆け} てみたいです／我想{乘著馬兒在廣闊無垠的草原上奔馳}。

→ {料理を冷蔵庫に保存し} ておきます／{把菜餚放入冰箱存放} 好。

→ {大変だと思っていた作業が30分ででき} てしまいました／{原以為會是個大工程，卻只花了30分鐘就} 全部 {處理} 好了。

02 表示使役關係

→ {もう1度勝負} させます／讓 {我們再比一次勝負}。

→ {この全国大会に出場} させてもらいます／請讓我 {參加全國大賽}。

→ {温かみを感じ} させてくれます／讓我 {感受到人情溫情}。

→ {私も参加} させていただきます／請允許 {我也一同參加}。

→ {新しいことに挑戦} させてくださいます／請讓我 {挑戰全新的事物}。

03 表示轉折關係

→ {お金が増えます} が、{休みが減ります} ／雖然 {薪水增加}，但 {休假也減少了}。

04 表示目的

→ {植物は空気をきれいにする} のに {役に立ちます} ／{植物有助} 於 {淨化空氣}。

→ {桜見物} のため (に) {外出した} ／為了 {賞櫻} 而 {外出了}。

→ {コンサートを開く} ために {つくられた団体です} ／為了 {開演唱會} 而 {組成的團體}。

→ {私は海外旅行を楽しむことができる} ように {英語を学びます} ／{我} 為了 {享受國外旅行的樂趣} 而 {勤學英語}。

→ {ごみを出さ} ないように {しましょう} ／請勿 {把垃圾拿出去}。

關鍵字記單字

▸關鍵字　▸▸▸ 單字

記す しる 做記號、記住、記錄	□ 通帳記入 つうちょう きにゅう	補登存摺
	□ ブログ【blog】	部落客，網路日記，博客
	□ レポート【report】	報告書；學術研究報告
	□ 請求書 せいきゅうしょ	訂單，帳單，申請書
	□ 日記 にっき	日記，日記本
	□ ワープロ【word processor 之略】	文字處理機，語言處理機
	□ 訳 わけ	意義，意思
	□ 登録 とうろく	登記，註冊
	□ 付ける つ	寫上，記上，標注上
送る おく 送、寄送、送（人）	□ インターネット・ネット【internet】	網路
	□ メール【mail】	郵政；郵件，短信
	□ 差出人 さしだしにん	發信人，寄信人，寄件人
	□ 宛先 あてさき	收信人的姓名、地址
	□ 転送 てんそう	轉送；轉寄；轉遞
	□ 送信 そうしん	（通過無線）發報；（通過有線或無線）播送；（通過電波）發射
	□ 送る おく	送（人），送行，送走；伴送
	□ 出す だ	寄，郵送；發送
	□ 届ける とど	送到；送給；送去
	□ 打つ う	送出，打，輸入
易しい やさ 簡單、容易	□ 近道 ちかみち	捷徑；快速的方法或手段
	□ 簡單 かんたん	簡單；簡易，容易；輕易；簡便
	□ やすい	容易，簡單

Track 28

つぎの文章を読んで、質問に答えてください。答えは、1・2・3・4から、いちばんいいものを一つえらんでください。

　わたしの母はことし60歳になったので、30年間働いた会社をやめました。これまでは、毎朝5時に起きてお弁当を作ってから、会社に行っていました。家に帰ってからも、ちょっと休むだけで、すぐに晩ごはんを作ったり、洗たくしたりしなければならないので、いつもとても忙しそうでした。母はよく1日が24時間では時間が足りないと言っていました。わたしもたまには家のことを手伝いましたが、たいていはお皿を洗うだけでした。今では、あのころもっと母の手伝いをしてあげればよかったと、申し訳ない気持ちでいっぱいです。

　母は会社をやめてやっと自分の時間ができたと言っています。最近は健康のために運動を始めたようですし、ほかにも、新しい趣味がいろいろできたようです。例えば、タオルで人形を作って、近所の子どもにあげたり、踊りを習いに行ったりしています。今の母は、働いていたころよりも、元気そうです。さっきは友だちからぶどうジャムの作り方を教えてもらったから、自分でもやってみると言って、スーパーに材料を買いに出かけました。こんな母を見るとわたしもうれしくなります。

30 この人のお母さんは、仕事をやめる前はどんな様子でしたか。

1 「わたし」がよく手伝ったので、家ではゆっくりしていました。

2 忙しくてゆっくり休む時間もあまりありませんでした。

3 昔のほうが今よりも元気でした。

4 毎日忙しかったですが、自分の時間も十分にありました。

31 この人のお母さんは最近どのように過ごしていますか。

1 前からやっている運動を続けています。

2 毎日ぶどうジャムを作っています。

3 人形を作ったり、踊りを習ったりしています。

4 仕事が忙しいので、自分の時間がありません。

32 こんな母とありますが、どんな様子ですか。

1 毎日会社で一生懸命働いている様子。

2 毎日仕事で忙しくて、休む時間もあまりない様子。

3 毎日趣味や運動で元気そうに過ごしている様子。

4 毎日スーパーにジャムの材料を買いに行く様子。

33 このあと、この人のお母さんはどこにいるはずですか。

1 会社にいるはずです。

2 スーパーにいるはずです。

3 踊りの教室にいるはずです。

4 近所の子どもの家にいるはずです。

つぎの文章を読んで、質問に答えてください。答えは、1・2・3・4から、いちばんいい
ものを一つえらんでください。

わたしの母はことし60歳になったので、30年間働いた会社をやめました。こ **30題関鍵句**
れまでは、毎朝5時に起きてお弁当を作ってから、会社に行っていました。家
に帰ってからも、ちょっと休むだけで、すぐに晩ごはんを作ったり、洗たくし
たりしなければならないので、いつもとても忙しそうでした。母はよく1日が
24時間では時間が足りないと言っていました。わたしもたまには家のことを手
伝いましたが、たいていはお皿を洗うだけでした。今では、あのころもっと母
の手伝いをしてあげればよかったと、申し訳ない気持ちでいっぱいです。
└文法詳見 P172

母は会社をやめてやっと自分の時間ができたと言っています。最近は健康の
ために運動を始めたようですし、ほかにも、新しい趣味がいろいろできたよう
です。例えば、タオルで人形を作って、近所の子どもにあげたり、踊りを習い **31.32題関鍵句**
に行ったりしています。今の母は、働いていたころよりも、元気そうです。さっ
きは友だちからぶどうジャムの作り方を教えてもらったから、自分でもやって
みると言って、スーパーに材料を買いに出かけました。こんな母を見るとわた **33題関鍵句**
└文法詳見 P172
しもうれしくなります。

- □ やめる 辭去（工作）
- □ たまに 偶爾
- □ やっと 終於
- □ 運動 運動
- □ タオル【towel】 毛巾
- □ 人形 娃娃
- □ 近所 附近
- □ 踊り 舞蹈
- □ 習う 學習
- □ ぶどう 葡萄
- □ ジャム【jam】 果醬
- □ 作り方 製作方式

- □ 教える 教導
- □ 材料 材料
- □ 昔 以前
- □ 十分 十足；非常
- □ 続ける 持續；繼續
- □ 一生懸命 拚命
- □ 教室 教室

請閱讀下列文章並回答問題。請從選項 1・2・3・4 當中選出一個最恰當的答案。

　　我的母親今年滿 60 歲，離開了她工作 30 年的公司。在此之前，她每天早上 5 點起來做便當，接著再去上班。回到家後她也只能休息一下，馬上就要去煮晚餐、洗衣服，所以看起來總是很忙碌。她以前常說一天 24 個小時不夠用。我有時也會幫忙做家事，可是大概都僅只於洗碗而已。現在回想起來，都覺得當時應該要多幫母親做家事才對，覺得十分愧疚。

　　母親現在說她離職後終於有了自己的時間。最近為了健康她似乎開始運動，而且還培養許多新的興趣。比如說，利用毛巾做娃娃送給住附近的小孩，或是去學跳舞。比起上班時期，母親現在看起來有精神多了。剛剛她還向朋友學了葡萄果醬的製作方式，說自己也要來試試看，就出門去超市買材料了。看到像這樣的母親我也跟著開心起來。

段落主旨

第一段	敘述母親離職前的忙碌生活。
第二段	說明母親離職後的改變。

Answer **2**

30 この人のお母さんは、仕事をやめる前はどんな様子でしたか。

1 「わたし」がよく手伝ったので、家ではゆっくりしていました。

2 忙しくてゆっくり休む時間もあまりありませんでした。

3 昔のほうが今よりも元気でした。

4 毎日忙しかったですが、自分の時間も十分にありました。

30 請問這個人的母親在辭掉工作前過得如何呢？

1 「我」常常幫她的忙，所以母親在家裡都很悠閒。

2 忙得連好好休息的時間都很少。

3 以前比現在還有精神。

4 雖然每天都很忙，但很有自己的時間。

選項1「我經常幫忙，所以她在家能夠放鬆」。這個選項不正確，因為雖然作者偶爾幫忙做家務，大多數時間母親仍然非常忙碌。文中提到作者主要只是洗盤子，且感到對不起母親，認為應該更多地幫忙。「わたしもたまには家のことを手伝いましたが、たいていはお皿を洗うだけでした」。

Answer **3**

31 この人のお母さんは最近どのように過ごしていますか。

1 前からやっている運動を続けています。

2 毎日ぶどうジャムを作っています。

3 人形を作ったり、踊りを習ったりしています。

4 仕事が忙しいので、自分の時間がありません。

31 請問這個人的母親最近過得如何呢？

1 持續做之前一直有在做的運動。

2 每天都在做葡萄果醬。

3 製作娃娃或是去學跳舞。

4 忙於工作，沒自己的時間。

選項1「她一直在繼續之前就開始的運動」。這個選項不正確。根據文中的描述，母親是最近才開始做運動來保持健康，這是一個新的活動，而不是繼續之前的運動。「最近は健康のために運動を始めたようですし」。

選項 2「她非常忙碌，幾乎沒有時間好好休息」。這是正確的選項。文中描述母親每天的日程滿檔，從早到晚都在忙碌，進一步強調了她沒有足夠的時間休息。「家に帰ってからも、ちょっと休むだけで、すぐに晩ごはんを作ったり、洗たくしたりしなければならないので、いつもとても忙しそうでした」。

選項 3「她在過去比現在更有活力」。此選項與文章描述不符。文章中提到母親退休後，似乎更健康也更快樂，這意味著她現在比以前更有活力。「今の母は、働いていたころよりも、元気そうです」。

選項 4「她每天都很忙，但也有足夠的自己的時間」。這個選項同樣不正確。文章明確指出母親在退休前，幾乎沒有自己的時間，退休後才終於有了屬於自己的時間。「会社をやめてやっと自分の時間ができたと言っています」。

「動詞未然形＋なければならない」（不得不…）表示基於某種規範，有義務、責任去做某件事情。「そうだ」（看起來…）前面如果接動詞ます形、形容詞語幹或形容動詞語幹，表示說話者根據自己的所見所聞來進行判斷。

「～てあげる」（…為…做）表示替對方做某件事情。「～ば」表示滿足前項的條件就會發生後項的事情，意思是「如果…就…」。

選項 2「她每天都在製作葡萄醬」。此選項同樣不正確。雖然母親剛從朋友那裡學會做葡萄醬的方法，並打算嘗試做看看，但這並不表示她已經在每天進行這項活動。「さっきは友だちからぶどうジャムの作り方を教えてもらったから、自分でもやってみると言って」。

選項 3「她在製作玩偶和學習跳舞」。這個選項是正確的。文章中提到母親創造了一些新的愛好，包括製作玩偶和學習跳舞，這表明她在探索不同的興趣活動。「例えば、タオルで人形を作って、近所の子どもにあげたり、踊りを習いに行ったりしています」。

選項 4「因為工作忙碌，所以沒有自己的時間」。這個選項不適用，因為母親已經退休，不再受工作的束縛，並且文章強調她現在有了很多自己的時間。「母は会社をやめてやっと自分の時間ができたと言っています」。

「ため」（為了…）前面接動詞辭書形或是「名詞＋の」，表示目的。「～ようだ」（好像…）表示說話者依據種種情況來進行主觀的推測。「ほかにも」（除此之外）用在列舉事物、做補充說明的時候。

IIII もんだい5　Reading

--- Answer 3

32 こんな母とありますが、どんな様子ですか。

1 毎日会社で一生懸命働いている様子。

2 毎日仕事で忙しくて、休む時間もあまりない様子。

3 毎日趣味や運動で元気そうに過ごしている様子。

4 毎日スーパーにジャムの材料を買いに行く様子。

32 文章提到像這樣的母親，請問是指什麼樣子的呢？

1 每天在公司拚命工作的樣子。

2 每天都忙於工作，沒什麼時間休息的樣子。

3 每天都因為興趣或運動而精神奕奕的樣子。

4 每天都去超市買果醬材料的樣子。

--- Answer 2

33 このあと、この人のお母さんはどこにいるはずですか。
 └文法詳見 P172

1 会社にいるはずです。

2 スーパーにいるはずです。

3 踊りの教室にいるはずです。

4 近所の子どもの家にいるはずです。

33 請問之後這個人的母親應該人在哪裡呢？

1 應該在公司。

2 應該在超市。

3 應該在舞蹈教室。

4 應該在附近的小朋友的家。

選項1「每天在公司努力工作的樣子」。這選項不正確，因為文章明確說明母親已經從工作崗位上退休了。「30年間働いた会社をやめました」。

選項2「每天因工作忙碌而幾乎沒有休息時間的樣子」。這選項同樣不正確，文章描述的是退休後的生活，不再受工作壓力的束縛。「母は会社をやめてやっと自分の時間ができたと言っています」。

選項3「每天通過興趣和運動過得精神飽滿的樣子」。這選項是正確的。文章提到母親退休後開始了新的運動，並且培養了新的愛好，如製作玩偶和學習舞蹈，這些都使她看起來更加活力充沛。「最近は健康のために運動を始めたようですし、ほかにも、新しい趣味がいろいろできたようです」。

選項4「每天都去超市買果醬的材料」。這選項不正確，文中提到的是她只是最近從朋友那裡學到了做果醬的方法，並沒有說明這已成為她每日的習慣。「さっきは友だちからぶどうジャムの作り方を教えてもらったから、自分でもやってみると言って」。

選項1「應該在公司」。這個選項不正確，因為文中已經明確指出母親已經從工作崗位退休了。文中提到：「30年間働いた会社をやめました」。

選項2「應該在超市」。這是正確的選項。文章中提到母親剛從朋友那裡學會了做果醬的方法，並說她要試著自己做看看，因此打算去超市購買材料。「さっきは友だちからぶどうジャムの作り方を教えてもらったから、自分でもやってみると言って、スーパーに材料を買いに出かけました」。

選項3「應該在舞蹈教室」。雖然母親確實有參加舞蹈課程，但在這個情境下不適用，因為文章特別提到她要去購買果醬材料。

選項4「應該在附近孩子的家」。這個選項也不正確。雖然母親有做玩偶送給附近的孩子的習慣，但並沒有說她接下來會去孩子家。

📖 **文法と萬用句型**

【動詞て形】＋あげる。表示自己或站在同一方的人，為他人做前項利益的行為。是「〜てやる」的客氣說法。

❶ ＿＿＿＿＿＋てあげる　（為他人）做…

例句 花子、写真を撮ってあげましょうか。

花子，我來替妳拍張照片吧！

※「てあげれば」為「てあげる」的假定形。是「てあげる」後加接續助詞「ば」的形式。

【動詞て形】＋もらう。表示請求別人做某行為，且對那一行為帶著感謝的心情。接受人跟給予人大多是地位、年齡同等的同輩。給予人也可以是晚輩。

❷ ＿＿＿＿＿＋てもらう

（我）請（某人為我做）…

例句 高橋さんに安いアパートを教えてもらいました。

我請高橋先生介紹我便宜的公寓。

【動詞て形】＋みる。「みる」是由「見る」延伸而來的抽象用法，常用平假名書寫。表示嘗試著做前接的事項，是一種試探性的行為或動作，一般是肯定的說法。

❸ ＿＿＿＿＿＋てみる　　試著（做）…

例句 最近話題になっている本を読んでみました。

我看了最近熱門話題的書。

【名詞の；形容動詞詞幹な；[形容詞・動詞]普通形】＋はずだ。表示說話人根據事實或理論來推測結果。

❹ ＿＿＿＿＿＋はずだ

（按理說）應該…；怪不得…

例句 土曜日ですか。大丈夫なはずです。

星期六嗎？（我）應該沒問題。

〔替換單字・短句〕

☐ 休みの　是休假

☐ 間に合わない　趕不上

☐ 家にいる　在家

小知識大補帖

▶ 你今天帶便當了嗎？

　　日本人可是把「お弁当」（便當）發揮得淋漓盡致的民族！「愛妻弁当」（愛妻便當）是妻子為丈夫準備的「手作り弁当」（親手做的便當）。由於日本社會依然以男主外、女主內為常態，專職主婦早起為家人準備中午便當，就成了他們的日常工作之一。

　　「キャラ弁」（卡通便當）是媽媽們的秘密武器，為了幫助小孩克服偏食，她們用各式食材製作成卡通人物、動物等形象的便當，讓孩子們的午餐既可愛又美味。

　　而「駅弁」（鐵路便當）則是旅途中的美食亮點，各車站或列車內販售的便當，菜色和包裝通常結合當地特產和特色，給人一種「地域限定」（地區限定）的感覺，讓你在旅行中也能品嚐當地的風味。

　　所以下次準備便當，不妨試試這些創意，讓你的午餐也變得更加豐富有趣吧！

常用的表達關鍵句

* { } 內也可自行帶入其他詞彙、短句喔！

01 表示授受關係

→ {アイデアによって賞金} をあげます／{挑選出優秀的點子} 頒發 {獎金}。

→ {桜子さん} を {家まで送っ} てあげました／{我送櫻子小姐回家}。

→ {先生、中国のお碗} をさしあげます／{老師，} 送您 {這只中國的碗具}。

→ {私は先生の食事} を {作っ} てさしあげました／那時 {我} 為 {老師做飯}。

→ {弟に小遣い} をやりました／{我} 給了 {弟弟零用錢}。

02 表示推測、斷定

→ {ダンスの先生なんだから、ダンスが上手な} はずです／{既然身為舞蹈老師，} 應該是 {舞藝精湛}。

→ {真面目な彼が遅刻する} はずがありません／{平時勤勤懇懇、兢兢業業的他} 不可能 {遲到}。

→ {これは、彼が特別大事にしている本} と考えられる／{這} 似乎是 {他特別珍惜的一本書}。

→ あるいは {そこで教授に会える} かもしれない／或者 {在那裡} 說不定 {能見到教授}。

03 表示婉轉的斷定

→ {日本語として明らかにおかしいところは直っている} ように思う／看來 {明顯不自然的日文已經被修正過了}。

→ {小学生でこの考えができるのは褒めるべき} ではなかろうか／{小學生的年紀能有這等思考能力} 難道不該 {讚美一番嗎}？

→ {強い風で、木の枝が動いている} ではないかと思う／我想應該是 {因為強風，使得樹枝隨風搖擺} 吧。

→ {悪いことをしたら、すぐ謝りましょう} とも考えられる／也可以認定 {做錯事情就該馬上道歉}。

關鍵字記單字

▶關鍵字	▶▶單字	
喜ふ よろこ 高興、值得慶賀	□ お目出度うございます め で と	恭喜，賀喜，道喜
	□ 正月 しょうがつ	過年似的熱鬧愉快
	□ 趣味 しゅ み	愛好，喜好；興趣
	□ 光 ひかり	光明，希望
	□ 卒業式 そつぎょうしき	畢業典禮
	□ 楽しみ たの	樂，愉快，樂趣
	□ 楽しみ たの	希望，期望
	□ 嬉しい うれ	高興，快活，喜悅，歡喜
	□ お祝い いわ	祝賀，慶祝
	□ 笑う わら	笑，開心時的表情
	□ 楽しむ たの	期待，以愉快的心情盼望
	□ 楽しむ たの	樂，快樂；享受，欣賞
動かす うご 活動、操作	□ 運動 うんどう	（向大眾宣揚某想法的）運動，活動
	□ 運転 うんてん	開，駕駛，運轉，操作機械使其工作，亦指機械轉動
	□ 折る お	折疊
	□ 点ける つ	打開
	□ 捕まえる つか	捉住動物，逮住；捕捉動物或犯人
	□ 打つ う	使勁用某物撞他物，打，擊，拍，碰
	□ 捨てる す	置之不理，不顧，不理
	□ 投げる な	投，拋，扔，擲
	□ 踏む ふ	踏，踩，踐踏；跺腳
	□ 動く うご	有目的的行動
	□ 落とす お	使降落，弄下，往下投，摔下

Track 29

つぎの文章を読んで、質問に答えてください。答えは、1・2・3・4から、いちばんいいものを一つえらんでください。

　きょうのお昼は、①レストランで食事をしました。友だちのお兄さんが以前アルバイトしていたアメリカ料理のレストランです。きょうはそのお兄さんがご馳走してくれるということで、友だちと3人で行きました。お兄さんが前からよく「ここは値段は安くて、量も多いし、すごくおいしいんですよ。」と言っていたので、行く前からとても楽しみでした。それに、これまでアメリカ料理のレストランには行ったことがなかったので、どんな料理があるのか、とても興味がありました。

　はじめにスープとサラダが出てきました。どちらもとてもおいしかったので、すぐに食べ終わりました。そのあと、お肉が出てきました。すごく大きかったので、びっくりしましたが、お兄さんが「これは、このお店でいちばん小さいサイズなんですよ。」と言ったので、もっと驚きました。お肉はとてもおいしかったのですが、どんなに頑張っても、②半分しか食べられませんでした。そのあと、デザートにケーキとアイスクリームもありましたが、わたしと友だちはもうおなかいっぱいで入りませんでした。でも、お兄さんは両方とも一口で食べてしまいました。わたしはそれを見て、③すごいなと思いました。

30 どんな①レストランに行きましたか。

1 アメリカにあるレストラン

2 友だちのお兄さんがアルバイトしているレストラン

3 アメリカ料理が食べられるレストラン

4 値段があまり安くないレストラン

31 「わたし」が全部食べたのはどれですか。

1 スープとサラダ

2 スープとお肉

3 サラダとお肉

4 お肉とケーキ

32 ②半分しか食べられませんでしたとありますが、なぜですか。

1 スープとサラダをたくさん食べ過ぎたので。

2 あまりおいしくなかったので。

3 お肉が「わたし」には大き過ぎたので。

4 デザートのケーキとアイスクリームを食べたかったので。

33 ③すごいなと思いましたとありますが、何をすごいと思いましたか。

1 アメリカ料理がとてもおいしかったこと。

2 お兄さんがとてもたくさん食べたこと。

3 わたしがケーキもアイスクリームも食べなかったこと。

4 料理の値段がとても安かったこと。

つぎの文章を読んで、質問に答えてください。答えは、1・2・3・4から、いちばんいい
ものを一つえらんでください。

きょうのお昼は、①レストランで食事をしました。友だちのお兄さんが以前 ← 30題 關鍵句

アルバイトしていたアメリカ料理のレストランです。 きょうはそのお兄さんが
ご馳走してくれるということで、友だちと3人で行きました。お兄さんが前か
└文法詳見 P184
らよく「ここは値段は安くて、量も多いし、すごくおいしいんですよ。」と言っ
ていたので、行く前からとても楽しみでした。それに、これまでアメリカ料理
のレストランには行ったことがなかったので、どんな料理があるのか、とても
興味がありました。

はじめにスープとサラダが出てきました。どちらもとてもおいしかったの ← 31題 關鍵句
で、すぐに食べ終わりました。そのあと、お肉が出てきました。すごく大きかっ ← 32題 關鍵句
└文法詳見 P184
たので、びっくりしましたが、お兄さんが「これは、このお店でいちばん小さ
いサイズなんですよ。」と言ったので、もっと驚きました。お肉はとてもおい
しかったのですが、どんなに頑張っても、②半分しか食べられませんでした。
└文法詳見 P184
そのあと、デザートにケーキとアイスクリームもありましたが、わたしと友だ ← 33題 關鍵句
ちはもうおなかいっぱいで入りませんでした。でも、お兄さんは両方とも一口
で食べてしまいました。わたしはそれを見て、③すごいなと思いました。
└文法詳見 P184

□ アルバイト【（德）　　　□ 両方　両個；両者
　arbeit】打工
　　　　　　　　　　　　　□ すごい　厲害
□ ご馳走　請客；招待
□ 値段　價位；價錢
□ 楽しみ　期待
□ スープ【soup】湯
□ 食べ終わる　吃完
□ お肉　肉
□ びっくり　嚇一跳
□ サイズ【size】大
　小；尺寸
□ 半分　一半

請閱讀下列文章並回答問題。請從選項1．2．3．4當中選出一個最恰當的答案。

今天中午我在①餐廳吃飯。這是我朋友的哥哥以前打工過的美式餐廳。今天這位哥哥說要請我們吃飯，所以加上朋友，我們3人一起去。朋友的哥哥以前就常說「這裡價位雖然很便宜，不過份量很多，很好吃喔」，所以我在去之前就非常期待。再加上我從來都沒去過美式餐廳，不知會有什麼料理，因此我更是感興趣。

一開始端上桌的是湯和沙拉。兩道都非常美味，所以我很快就吃完了。之後上桌的是肉。肉大到我嚇了一跳，不過朋友的哥哥卻說：「這是這家店最小塊的喔」，更是讓我大吃一驚。肉的味道雖然很棒，可是不管我怎麼努力，②還是只吃了一半。之後雖然也有蛋糕和冰淇淋等甜點，但我和朋友肚子實在是太撐了，根本吃不下。不過，朋友的哥哥兩樣都一口吃光，看到那情景，③我實在是佩服不已。

段落主旨

第一段	交代上餐廳的理由，以及光顧前的心情。
第二段	敘述整個吃飯的過程。

もんだい5　Reading

Answer 3

30 どんな①レストランに行きましたか。

1　アメリカにあるレストラン

2　友だちのお兄さんがアルバイトしているレストラン

3　アメリカ料理が食べられるレストラン

4　値段があまり安くないレストラン

30 請問他們去的是怎樣的①餐廳呢？

1　位在美國的餐廳

2　朋友的哥哥現在打工的餐廳

3　可以吃到美式料理的餐廳

4　價位不便宜的餐廳

Answer 1

31 「わたし」が全部食べたのはどれですか。

1　スープとサラダ

2　スープとお肉

3　サラダとお肉

4　お肉とケーキ

31 請問「我」全部吃光的是哪幾道？

1　湯和沙拉

2　湯和肉

3　沙拉和肉

4　肉和蛋糕

解題攻略

選項1此選項不正確。文章中並未提到餐廳位於美國，只是説這是一家提供美式料理的餐廳。

選項2此選項不正確。文章提到「這是朋友的哥哥以前打工過的美國料理餐廳」，指的是過去的打工經歷，而非當前。

選項3此選項正確。文章開頭就提到了這是一家美國料理的餐廳，「這是朋友的哥哥以前打工過的美國料理餐廳」，符合提問的描述。

選項4此選項不正確。文章中提到「這裡的價格很實惠，份量也很多，而且非常美味」，説明這家餐廳的價格是便宜的。

選項1此選項正確。文章中提到「一開始上了湯和沙拉，兩者都很美味，所以很快就吃完了」，表明「わたし」將這兩者都吃完了。

選項2此選項不正確。儘管「スープ」是被全部吃完了，但「お肉は…半分しか食べられませんでした」（肉…只吃了一半），因此這個組合不完整。

選項3此選項同樣不正確。同上，「お肉」只吃了一半，而「サラダ」雖全部吃完，因此兩者的組合不符合問題的要求。

選項4這個選項不正確。從「肉…只吃了一半」以及「蛋糕和冰淇淋等甜點…肚子實在是太撐了，根本吃不下」，可以看出這些食物並未完全被食用。

もんだい5　Reading

32 ②半分しか食べられませんでした
とありますが、なぜですか。

1　スープとサラダをたくさん食べ過
ぎたので。

2　あまりおいしくなかったので。

3　お肉が「わたし」には大き過ぎたので。
└文法詳見 P185

4　デザートのケーキとアイスクリー
ムを食べたかったので。

32 文章提到②只吃了一半，請問是
為什麼呢？

1　因為吃了太多湯和沙拉。

2　因為不怎麼好吃。

3　因為肉對「我」來説太大了。

4　因為想吃甜點的蛋糕和冰淇淋。

33 ③すごいなと思いましたとあります
が、何をすごいと思いましたか。

1　アメリカ料理がとてもおいしかっ
たこと。

2　お兄さんがとてもたくさん食べたこと。

3　わたしがケーキもアイスクリーム
も食べなかったこと。

4　料理の値段がとても安かったこと。

33 文章提到③我實在是佩服不已，
請問是對什麼感到佩服呢？

1　美式料理十分好吃。

2　朋友的哥哥吃很多。

3　我吃不下蛋糕和冰淇淋。

4　料理的價位非常便宜。

解題攻略

選項1這個選項可能有一定的合理性，因為文章提到了先吃了湯和沙拉且味道很好，迅速吃完。然而，沒有直接的證據表明這是導致「わたし」無法吃完肉的直接原因。

選項2此選項不正確。文章明確指出「肉味道很棒」，這表明肉的味道並不是不能吃完的原因。

選項3此選項正確。文章中有描述「因為肉非常大，我很驚訝」，這表明肉的大小是導致只能吃下一半的主要原因。

選項4這個選項不正確。雖然文章提到後來有甜點，但沒有證據顯示「わたし」是為了留肚子吃甜點而刻意少吃肉。

> 這一題問題關鍵在「なぜ」（為什麼），這是用來詢問理由的疑問詞。可以先找出劃線部分②，再從上下文去推敲原因。

選項1此選項雖然描述了料理好吃的事實，但與「すごいなと思いました」（覺得很佩服）的情境不匹配，並非佩服的對象。

選項2這是正確的選項。文章中指出「不過，哥哥把兩樣都一口吃完了」，這正是讓「わたし」感到「すごいな」（很佩服）的原因。

選項3此選項描述了事實，但與「覺得很佩服」無關，不是讓「わたし」感到驚嘆的事情。

選項4文章提及料理便宜和美味，但在表達「すごいな」時，關聯的是朋友的哥哥的食量，不是價格。

> 對比句型「Aは～。でも、Bは～」（A是…。不過B卻是…）的重點擺在後面的B。所以這句話重點是朋友的哥哥一口就把蛋糕和甜點吃光。

🕮 文法と萬用句型

【動詞て形】＋くれる。表示他人為我，或為我方的人做前項有益的事。

1 ⬜⬜⬜ ＋てくれる　（為我）做…

例句 佐藤さんは仕事を1日休んで町を案内してくれました。

佐藤小姐向公司請假一天，帶我參觀了這座城鎮。

【動詞ます形】＋おわる。接在動詞ます形後面，表示前接動詞的結束、完了。

2 ⬜⬜⬜ ＋おわる　結束、完了

例句 レポートを書き終わりました。

把報告寫完了。

〔替換單字・短句〕
- □ ステーキを食べ　牛排吃
- □ 道具を片付け　道具收拾
- □ この本を読み　這本書讀

【形容詞く形】＋ても；【動詞て形】＋も；【名詞；形容動詞詞幹】＋でも。表示後項的成立，不受前項的約束，是一種假定逆接表現。

3 ⬜⬜⬜ ＋ても、でも　即使…也

例句 どんなに父が反対しても、彼と結婚します。

無論父親如何反對，我還是要和他結婚。

【動詞て形】＋しまう。表示動作或狀態的完成，或表示出現了説話人不願意看到的結果。

4 ⬜⬜⬜ ＋てしまう　…完；表感慨

例句 部屋はすっかり片付けてしまいました。

房間全部整理（完）了。

〔替換單字・短句〕
- □ 小説は全部読んで　小説全看
- □ 試験に失敗して　考試失敗
- □ がんで死んで　得癌症過世

5 ⬛⬛ ＋すぎる　太…、過於…

【[形容詞・形容動詞]詞幹；動詞ます形】＋すぎる。表示程度超過限度，超過一般水平，過份的狀態。

例句 君ははっきり言いすぎる。

你講話太直白。

〔替換單字・短句〕

□ 自分に自信がなさ　對自己（太）沒信心

□ 頭がよ　頭腦（太）好

常用的表達關鍵句

*｛ ｝內也可自行帶入其他詞彙、短句喔！

01　表示開始、結束

→ ｛突然、赤ちゃんが泣き｝だしました／｛小寶寶突然哇哇大哭｝了起來。

→ ｛季節が変わり｝始めた／｛季節開始｛轉換｝了。

→ ｛この塾に5年間も通い｝続けました／｛我在這家補習班｝持續｛上了5年之久｝。

→ ｛かなりの大作であったが、一気に読み｝終わりました／｛雖然是篇幅大的作品，但我還是一口氣讀｝完了。

02　表示時間

→ ｛会場の用意をしていっ｝たところです／｛正好在佈置會場｝的時候。

→ ｛これから大事な用事で出かける｝ところだった／那時｛正要出門處理要事｝。

→ ｛今、お祭りをし｝ているところです／｛現在｝正在｛舉辦祭典｝。

→ ｛予習を始め｝たばかりです／現在才剛要｛開始預習｝。

03　表示引用

→ ｛老人ホームに父を入れた日、父は「帰りたい」｝と言いました／｛帶父親住進養老院的那天，父親對我｝說：「｛我想回家。｝」

→ ｛部下に書類を10部ずつコピーしておく｝よに（と）言いました／交代了｛下屬｝說，要｛將資料影印10份備用｝。

→ ｛日本では赤飯は縁起の良い食べ物｝と言われている／據說｛在日本，象徵著慶祝和喜事，被視為是十分吉祥的食物｝。

→ 一般に｛これを身に付けていれば願いが叶う｝と言われている／一般都說｛將它配戴在身上，願望就會實現｝。

→ ｛火事の原因はまだわからない｝と聞いている／聽說｛目前還不清楚起火的原因｝。

關鍵字記單字

▶ 關鍵字	▶▶ 單字	
働く（はたら） 工作、勞動	□ パート【part】	打工，短時間勞動，部分時間勞動
	□ アルバイト【(德)arbeit】	打工
	□ 用事（ようじ）	事，事情
	□ 用（よう）	事情

驚く（おどろ） 感到驚訝、意外	□ あっ	啊，呀，哎呀，感動時或吃驚時發出的聲音
	□ けれど・けれども	雖然…可是，但是，然而
	□ 割合に（わりあい）	表示與其基準相比不符；雖然…但是；等同於「けれど」
	□ びっくり	吃驚，嚇一跳
	□ 凄い（すご）	可怕的，駭人的；陰森可怕的
	□ 怖い（こわ）	令人害怕的；可怕的
	□ 驚く（おどろ）	嚇；驚恐，驚懼，害怕，吃驚嚇了一跳；驚訝；驚奇；驚歎，意想不到，感到意外

構う（かま） 顧及、照顧	□ お見舞い（みま）	慰問
	□ 心配（しんぱい）	操心，費心；關照；張羅，介紹
	□ 世話（せわ）	照料，照顧，照應，照看，照管；幫助，幫忙，援助
	□ 主人（しゅじん）	接待他人的主人
	□ 御馳走（ごちそう）	款待，請客
	□ 構う（かま）	管；顧；介意；理睬；干預
	□ 捨てる（す）	拋棄，斷念，遺棄，斷絕關係
	□ 叱る（しか）	責備，批評
	□ 怒る（おこ）	申斥，怒責
	□ 笑う（わら）	嘲笑；取笑
	□ 子育て（こそだ）	育兒，撫育、撫養孩子

もんだい5　Reading

Track 30

つぎの文章を読んで、質問に答えてください。答えは、1・2・3・4から、いちばんいいものを一つえらんでください。

　先日の新聞に、日本人が1日にテレビを見る時間は約4時間と書いてあったので、ちょっとびっくりしました。わたしの家では、テレビを見る時間はそれほど長くないからです。朝はたいていテレビはつけずに、ラジオを聞きながら、ごはんを食べます。おじいちゃんとおばあちゃんは、わたしたちが出かけたあとで、テレビをつけるそうですが、それでも朝のうちの1時間ぐらいしか見ていないそうです。

　わたしは学校から帰ると、すぐに宿題をします。それから、ピアノの練習をしたりしますので、夕方はいつもテレビを見る時間がありません。弟はまだ幼稚園で、宿題はありませんので、おじいちゃんと公園に行ったり、おもちゃで遊んだりしています。夜、お母さんが晩ごはんを作っているあいだ、わたしは弟といっしょにテレビのアニメを30分間だけ見ます。わたしと弟がテレビを見るのは1日にこのときしかありません。そのあいだ、お父さんはたいてい新聞を読んだり、雑誌を読んだりしています。お父さんとお母さんは晩ごはんを食べておふろに入ったあと、二人でニュースを1時間だけ見ます。このように、わたしの家では、テレビを見る時間はあまり長くありません。

30 <u>ちょっとびっくりしました</u>とありますが、なぜですか。

1　新聞にテレビのニュースが書いてあったので。

2　自分のうちではテレビを見る時間はそれほど長くないので。

3　日本人がテレビを見る時間はもっと長いと思っていたので。

4　家族ひとりひとりがテレビを見る時間はだいたい決まっているので。

31 朝はだれがテレビを見ますか。

1　ごはんを食べながら、みんなで見ます。

2　わたしだけが学校に行く前に見ます。

3　お父さんだけが会社に行く前に見ます。

4　みんなが出かけたあとで、祖父と祖母が見ます。

32 この人は学校から帰ったあと、いつも何をしますか。

1　宿題をしてから、弟と遊びます。

2　宿題をしてから、ピアノの練習します。

3　ピアノの練習のあとで、宿題をします。

4　弟といっしょに宿題をしてから、遊びに行きます。

33 この人の家族は夜はいつもどのように過ごしますか。

1　お母さんはごはんを作りながら、わたしや弟といっしょにテレビを見ます。

2　お母さんがごはんを作っているあいだ、わたしと弟は30分ぐらいテレビを見ます。

3　お母さんがごはんを作っているあいだ、わたしと弟は宿題をします。

4　お母さんがごはんを作っているあいだ、お父さんはわたしや弟といっしょにテレビを見ます。

つぎの文章を読んで、質問に答えてください。答えは、1・2・3・4から、いちばんいい
ものを一つえらんでください。

　　先日の新聞に、日本人が1日にテレビを見る時間は約4時間と書いてあっ　　〔30題 關鍵句〕
たので、ちょっとびっくりしました。わたしの家では、テレビを見る時間はそ
れほど長くないからです。朝はたいていテレビはつけずに、ラジオを聞きなが
ら、ごはんを食べます。おじいちゃんとおばあちゃんは、わたしたちが出かけ　　〔31題 關鍵句〕
たあとで、テレビをつけるそうですが、それでも朝のうちの1時間ぐらいしか
見ていないそうです。

　　わたしは学校から帰ると、すぐに宿題をします。それから、ピアノの練習を　　〔32題 關鍵句〕
したりしますので、夕方はいつもテレビを見る時間がありません。弟はまだ幼
稚園で、宿題はありませんので、おじいちゃんと公園に行ったり、おもちゃで
遊んだりしています。夜、お母さんが晩ごはんを作っているあいだ、わたしは　　〔33題 關鍵句〕
弟といっしょにテレビのアニメを30分間だけ見ます。わたしと弟がテレビを見
るのは1日にこのときしかありません。そのあいだ、お父さんはたいてい新聞
を読んだり、雑誌を読んだりしています。お父さんとお母さんは晩ごはんを食
べておふろに入ったあと、二人でニュースを1時間だけ見ます。このように、
わたしの家では、テレビを見る時間はあまり長くありません。

請閱讀下列文章並回答問題。請從選項 1・2・3・4 當中選出一個最恰當的答案。

前幾天的報紙寫說，日本人一天看電視的時間大概是 4 個鐘頭。我有點驚訝。因為我家看電視的時間沒有那麼長。我們早上大多都不開電視，邊聽收音機邊吃飯。聽說爺爺和奶奶會在我們出門後打開電視，不過那也是只有在早上看一個鐘頭而已。

我放學回家後就立刻寫功課。接著會練練鋼琴之類的，傍晚總是沒時間看電視。我弟弟才在上幼稚園，他沒有功課，所以會和爺爺去公園散步，或是玩玩具。晚上媽媽在煮飯的時候，我和弟弟會一起看 30 分鐘的電視卡通。我和弟弟看電視的時間就只有這個時候。在這段時間裡，爸爸大多都是看報紙或雜誌。爸爸和媽媽吃完晚餐洗完澡後，兩人會一起看一小時的電視新聞。就像這樣，我家看電視的時間不怎麼長。

段落主旨

第一段	指出自己的家人看電視的時間不像平均時數那麼長。並説明爺爺奶奶一天只看一個鐘頭的電視。
第二段	敘述作者和其他家人傍晚、晚上的行程，以及各自看電視的時間。

もんだい5　Reading

Answer **2**

30	ちょっとびっくりしましたとありますが、なぜですか。

1　新聞にテレビのニュースが書いてあったので。

2　自分のうちではテレビを見る時間はそれほど長くないので。

3　日本人がテレビを見る時間はもっと長いと思っていたので。

4　家族ひとりひとりがテレビを見る時間はだいたい決まっているので。

30	文章提到我有點驚訝，請問是為什麼呢？

1　因為報紙上寫了電視的新聞。

2　因為自己家看電視的時間沒那麼長。

3　因為覺得日本人看電視的時間應該更長。

4　因為家裡每個人看電視的時間大致上都很固定。

Answer **4**

31	朝はだれがテレビを見ますか。

1　ごはんを食べながら、みんなで見ます。

2　わたしだけが学校に行く前に見ます。

3　お父さんだけが会社に行く前に見ます。

4　みんなが出かけたあとで、祖父と祖母が見ます。

31	請問早上是誰在看電視？

1　大家一起邊吃飯邊看。

2　只有我上學前看。

3　只有爸爸上班前看。

4　等大家都出門後，祖父和祖母才看。

解題攻略

選項1此選項提到的是報紙上的電視新聞，但文章中沒有提及這讓作者感到驚訝的原因。

選項2這是正確的選項。文章中指出「わたしの家では、テレビを見る時間はそれほど長くないからです」（因為我家看電視的時間不長），正是作者感到驚訝的原因。

選項3這個選項雖提到了一個可能的驚訝原因，但文章中沒有提到作者預期的時間長度。

選項4此選項雖然描述了家庭成員看電視的習慣，但與作者驚訝的原因無直接關聯。

問題關鍵是「なぜ」(為什麼)，詢問劃線處的原因理由，可以找找看劃線處的上下文是否有表示原因「ので」（因為）或「から」（因為），答案就在這裡。

選項1此選項提到的是全家人在早餐時一起看電視，但文章中提到早上通常不打開電視，而是聽廣播。

選項2此選項表述只有「わたし」在去學校前看電視，但文章並未提及此情況。

選項3此選項指出爸爸在去工作前看電視，文章中未有此信息。

選項4這一選項正確反映了文章描述「おじいちゃんとおばあちゃんは、わたしたちが出かけたあとで、テレビをつけるそうです」（聽説祖父和祖母會在我們都出門後才打開電視）。這是早上看電視的人。

「だれが」（誰）是指「由誰來做這件事」。要注意主詞和時間點「朝」（早上）。

「おじいちゃんとおばあちゃん」＝「祖父と祖母」，都是「爺爺和奶奶」的意思。

もんだい5　Reading

32 この人は学校から帰ったあと、いつも何をしますか。

1 宿題をしてから、弟と遊びます。

2 宿題をしてから、ピアノの練習します。

3 ピアノの練習のあとで、宿題をします。

4 弟といっしょに宿題をしてから、遊びに行きます。

32 請問這個人放學回家後都在做些什麼呢？

1 功課做完後和弟弟玩。

2 功課做完後練習彈鋼琴。

3 練習完鋼琴後寫功課。

4 和弟弟一起寫功課，然後出去玩。

33 この人の家族は夜はいつもどのように過ごしますか。

1 お母さんはごはんを作りながら、わたしや弟といっしょにテレビを見ます。

2 お母さんがごはんを作っているあいだ、わたしと弟は30分ぐらいテレビを見ます。

3 お母さんがごはんを作っているあいだ、わたしと弟は宿題をします。

4 お母さんがごはんを作っているあいだ、お父さんはわたしや弟といっしょにテレビを見ます。

33 請問這個人的家人晚上都是怎麼度過的呢？

1 媽媽邊做飯邊和我、弟弟一起看電視。

2 媽媽在做飯的這段時間，我和弟弟會看 30 分鐘左右的電視。

3 媽媽在做飯的這段時間，我和弟弟會寫功課。

4 媽媽在做飯的這段時間，爸爸和我、弟弟一起看電視。

選項1此選項描述了先做完功課再與弟弟玩耍的行為，然而文章中提到在學校後進行的活動主要是做功課和彈鋼琴，並未提及與弟弟玩耍。

選項2根據文章描述「我一回家就做功課，然後會練習鋼琴」完全符合這一選項的描述。正確答案是選項2。

選項3此選項的時間順序與文章描述相反，文章指出先做功課再練鋼琴。

選項4此選項描述了與弟弟一起完成功課再外出玩耍，但文章中沒有提及與弟弟一起做功課，也沒提到外出玩樂的情況。

「それから」（在這之後）用於強調事情先後順序，表示先完成前項動作，再去做後項動作，由此可知寫完功課之後才練習彈琴。

「～てから」和「～あとで」都和「それから」一樣，有強調先後順序的作用。

選項1此選項不正確，因為文章指出媽媽在做飯的時候，我和弟弟看電視，媽媽並未參與觀看。

選項2此選項正確反映了文章中的描述，「晚上，當媽媽在做晚餐時，我和弟弟會一起看30分鐘的電視動畫」。

選項3此選項不正確，文章中未提及在這段時間做功課，只提到看了30分鐘的電視。

選項4這個選項也不正確，因為文章中指出爸爸在那段時間通常會看報紙或雜誌，並沒有和孩子們一起看電視。

「～あいだ」（…期間）表示某個動作持續的這段時間當中發生了某件事情，或是進行某個動作。

🖉 **文法と萬用句型**

【動詞否定形（去ない）】+
ず（に）。表示以否定的狀
態或方式來做後項的動作，
或產生後項的結果。當動詞
為サ行變格動詞時，要用
「せずに」。

❶ ⬚ **＋ず（に）**　不…地、沒…地

例句　太郎は勉強せずに遊んでばかり
いる。
太郎不讀書都在玩。

【[名詞・形容詞・形容動詞・
動詞]普通形】+そうだ。表
示傳聞。不是自己直接獲
得的，而是從別人那裡、報
章雜誌或信上等處得到該信
息。表示信息來源的時候，
常用「〜によると」（根據）
或「〜の話では」（說是…）
等形式。

❷ ⬚ **＋そうだ**　聽說…、據說…

例句　ここは昔、5万人もの人が住ん
でいたそうだ。
據說這地方從前住了多達5萬人。

【[名詞・形容詞・形容動詞・
動詞]普通形（只能用在現
在形及否定形）】+と。表
示反覆的習慣，也表示陳述
人和事物的一般條件關係，
常用在機械的使用方法、
說明路線、自然的現象及反
覆的習慣等情況，此時不能
使用表示說話人的意志、請
求、命令、許可等語句。

❸ ⬚ **＋と**　一…就

例句　毎年、夏になるとハワイに行き
ます。
每年一到夏天就會去夏威夷。

例句　雪が溶けると、春になる。
雪融化以後就是春天了。

〔替換單字・短句〕
□ 降る・静か　下（雪）・（變得）寂靜
□ 積もる・きれい　堆積・（變得）漂亮

● 小知識大補帖

▶ 今天看什麼節目？

　　現代人的生活密不可分地繞著一個中心：電視！當然，大家都知道「テレビ」就是日文的「電視」，但來點更有趣的，你知道日文裡怎麼稱呼不同類型的電視節目嗎？來看看這個小詞彙大點名：綜藝節目就叫「バラエティ番組」，想聽八卦就別錯過「トーク番組」（談話節目）。電視購物？那是「テレビショッピング」。別忘了動畫迷的天堂「アニメーション」，運動迷的聖地「スポーツ番組」，還有音樂愛好者的舞台「音楽番組」。至於喜歡跟蹤劇情的你，可以追「テレビドラマ」；而熱衷於日本歷史的朋友，別錯過深入描繪歷史人物和時代風雲的「大河ドラマ」（大河劇）。

▶ 祖父母小檔案，比一比

　　「お祖父（じい）さん」不只是指自己的爺爺或外公，還是自己對街上任何老年男性的親暱稱呼。

　　「祖父（そふ）」則是指明自己的父親或母親的父親，正式多了。

　　「お祖母（ばあ）さん」同理，用來稱呼自己的奶奶或外婆，或是街上的任何老年女性。

　　「祖母（そぼ）」就是指自己的母親或父親的母親。

　　小提示：雖然「お祖父さん／お祖母さん」和「祖父／祖母」寫起來一樣，但讀起來差很大哦！

常用的表達關鍵句

＊{ }內也可自行帶入其他詞彙、短句喔！

01 表示聽說、據說

→ {聞いた話によると、この边は昔海だった} そうです／{據傳聞說，這一帶以前} 似乎 {曾是一片汪洋大海}。

→ {怒りは毒である} という {教えがある} そうです／聽說 {有人主張憤怒會產生毒素} 之類 {的說法}。

→ {努力が実って大学に合格した} ということだ／聽說 {他考上了大學，努力終於有了回報}。

→ {これには二つの主な原因がある} と言われています／人們說 {造成這樣的情況，有兩個主要的原因}。

02 表示並列

→ {老後} も {心配だ} し、{近い将来} も {不安だなあ}／既 {擔心老年的生活，對於不久的將來} 也 {是憂心忡忡}。

→ {喜ん} だり {悲しん} だりして、{忙しいね}／一下 {開心} 一下 {難過的}，{你可真忙呀}。

→ {歴史} とか {数学} とか {の科目が好きです}／{我喜歡} 像 {歷史} 或 {數學這類的科目}。

03 表示條件、假設

→ {コンビニがない} と {とても不便です}／一旦 {沒有便利商店} 就 {會非常不便}。

→ {課長にならなく} でも {平気だ}／即使 {不當課長} 也 {沒有關係}。

04 表示比喻、例示

→ {その動きはまるでロボット} のようです／{那機械式的動作} 就像 {機器人} 一樣。

→ {鳥} のように {空を飛びたい}／{我想} 像 {鳥兒} 一般 {翱翔天際}。

→ {赤ちゃん} のような {肌がほしい}／{真希望能擁有} 像 {寶寶} 一樣 {柔嫩的肌膚}。

關鍵字記單字

▸關鍵字　　　　　▸▸▸單字

聞く 聽、答應、問		
	□ 音（おと）	音，聲，聲音；音響，聲響
	□ ステレオ【stereo】	立體聲音響器材，身歷聲設備
	□ ラップ【rap】	說唱
	□ 宜（よろ）しい	沒關係，行，可以；表容許、同意
	□ 煩（うるさ）い	嘈雜，煩人的
	□ 調（しら）べる	審問，審訊
	□ 伺（うかが）う	打聽，聽到
	□ 聞（き）こえる	聽得見，能聽見，聽到，聽得到，能聽到

鳴（な）る 鳴、響		
	□ ベル【bell】	鈴，電鈴；鐘
	□ 糸（いと）	（樂器的）弦，琴弦，箏，三弦，彈箏、三弦（的人）
	□ ピアノ【piano】	鋼琴
	□ 調（しら）べる	調音；奏樂，演奏
	□ 鳴（な）る	鳴，響

遊（あそ）ぶ 遊玩		
	□ 遊（あそ）び	遊戲，玩耍
	□ 玩具（おもちゃ）	玩具，玩意兒
	□ 人形（にんぎょう）	娃娃，偶人；玩偶；傀儡
	□ 親（おや）	撲克牌的莊家
	□ 打（う）つ	下（以敲打的動作做工作或事情）
	□ 踊（おど）る	跳舞，舞蹈
	□ 踊（おど）り	舞，舞蹈，跳舞
	□ 水泳（すいえい）	游泳
	□ 滑（すべ）る	（在物體表面）滑行，滑動
	□ 漫画（まんが）	漫畫；連環畫；動畫片

▶ 一天24小時－上午

私は毎朝7時に起きます。
我每天早上7點起床。

いつもより30分早起きました。
比平常還早30分醒來。

毎朝寝坊をしていた。
每天早上都賴床。

起きたらすぐ顔を洗います。
起床後立刻去洗臉。

学校へ行く前に、犬の散歩に行きます。
上學之前，先帶小狗去散步。

朝はパンと牛乳でした。
今天早上吃麵包配牛奶。

どの服を着るか決められなくて。
打不定主意要穿哪件衣服。

朝をちゃんと食べなくてはだめですよ。
要確實吃早餐才行哦！

月曜日の朝はずっと会議があります。
星期一整個早上都要開會。

私が起きたときは、姉はもう出かけていた。
我起床時，姐姐已經出門了。

もう少しで遅刻するところでした。
差一點就遲到了。

学校には8時に着きます。
我會在8點時抵達學校。

▶ 一天24小時－下午

昼ご飯は12時15分ごろ食べます。
我在中午12點15分左右吃午餐。

お昼はいつもお弁当です。
午餐總是吃便當。

今朝から何も食べてません。
我從一早到現在都還沒吃東西。

昼ご飯はコンビニで買います。
在便利商店買午餐。

放課後はサッカークラブに行きます。
放學後去參加足球的社團活動。

昼ご飯までに帰ってきなさい。
請在吃午餐前回來。

ちょっと昼寝をします。
我要睡一會午覺。

昼のニュースが始まります。
午間新聞要開始播報了。

今日の講義は昼からです。
今天的課程從中午開始。

昼休みが1時間あります。
午休時間有一個小時。

今日は残業することになりそうです。
今天恐怕得留下來加班。

▶ 一天24小時－晚上

家に帰ったらすぐ風呂に入ります。
一到家後立刻去洗澡。

お風呂に入ってから、夕飯を食べます。
洗完澡後才吃晚餐。

7時ごろ晩ご飯を食べます。
約7點左右吃晚餐。

夕飯は家族と食べます。
我和家人一起吃晚餐。

夕食にステーキを食べた。
晚餐吃了牛排。

家に帰るとまず宿題をします。
一回到家以後，首先寫功課。

私は毎日8時からドラマを見ます。
我每天8點開始看連續劇。

仕事のあと、飲みに行きます。
下班後會去喝兩杯。

寝る前に、いつも日記をつける。
我習慣在睡前寫日記。

寝る前に歯を磨きます。
睡前會刷牙。

ゆうべ歯を磨かないで寝てしまった。
昨天晚上沒刷牙就睡著了。

寝る前に夜食を食べたくなった。
睡前突然想吃消夜。

測驗是否能夠從介紹或通知等，約 400 字左右的撰寫資訊題材中，找出所需的訊息。

彙整資訊

考前要注意的事

▶ 作答流程 & 答題技巧

閱讀說明　先仔細閱讀考題說明

閱讀問題與內容

預估有 2 題

1 表格等文章一看很難，但只要掌握原則就容易了。首先看清提問的條件，接下來快速找出符合該條件的內容在哪裡。

2 閱讀經過改寫後的約 400 字的簡介、通知、傳單等資料中，測驗能從其中找出需要的訊息。

3 最後，注意有無提示「例外」的地方。不需要每個細項都閱讀。

4 平常可以多看日本報章雜誌上的廣告、傳單及手冊，進行模擬練習。

答題　選出正確答案

Track 31

つぎのＡ「コンサートのスケジュール表」とＢ「週末の予定」を見て、質問に
答えてください。答えは、１・２・３・４からいちばんいいものを一つえらん
でください。

34　つよし君の家族が３人で行くことができるコンサートは

　　どれですか。

　　1　子どもの歌

　　2　演歌人気20曲

　　3　アニメの歌

　　4　カラオケ人気20曲

35　つよし君のパパは、外国の音楽を聴くのが趣味です。パ

　　パが行くことができるコンサートで、パパの趣味にいち

　　ばん合うのはどれですか。

　　1　世界の歌

　　2　カラオケ人気20曲

　　3　アニメの歌

　　4　アメリカの歌

A コンサートのスケジュール表

日時	コンサート
5月12日	
10：00〜11：30	子どもの歌
13：00〜14：30	アメリカの歌
15：30〜17：30	演歌人気20曲
5月13日	
10：00〜11：30	アニメの歌
13：00〜14：30	カラオケ人気20曲
15：30〜17：30	世界の歌

B 週末の予定

	11日（金）	12日（土）	13日（日）
パパ	夜：お食事会	午前：なし 午後：なし	午前：なし 午後：ゴルフ
ママ	夜：なし	午前：なし 午後：なし	午前：テニス 午後：買い物
つよし君	夜：塾	午前：なし 午後：サッカー	午前：なし 午後：なし

つぎのA「コンサートのスケジュール表」とB「週末の予定」を見て、質問に答えてください。答えは、1・2・3・4からいちばんいいものを一つえらんでください。

Aコンサートのスケジュール表

日時	コンサート
5月12日	
10：00〜11：30	子どもの歌
13：00〜14：30	アメリカの歌
15：30〜17：30	演歌人気20曲
5月13日	
10：00〜11：30	アニメの歌
13：00〜14：30	カラオケ人気20曲
15：30〜17：30	世界の歌

34題關鍵句

B週末の予定

35題關鍵句

	11日（金）	12日（土）	13日（日）
パパ	夜：お食事会	午前：なし 午後：なし	午前：なし 午後：ゴルフ
ママ	夜：なし	午前：なし 午後：なし	午前：テニス 午後：買い物
つよし君	夜：塾	午前：なし 午後：サッカー	午前：なし 午後：なし

34題關鍵句

□ コンサート【concert】
演唱會
□ スケジュール表
【schedule表】場次表
□ 演歌 演歌
□ 人気 人氣；受歡迎

□ カラオケ【から+orchestra
之略】KTV
□ 食事会 餐會
□ なし 無
□ ゴルフ【golf】高爾夫球

□ テニス【tennis】
網球
□ 塾 補習班
□ 趣味 興趣
□ 合う 符合

請閱讀下列的Ａ「演唱會場次表」和Ｂ「週末行程」並回答問題。請從選項
１・２・３・４當中選出一個最恰當的答案。

Ａ 演唱會場次

日期時間	演唱會
5月12日	
10：00～11：30	兒歌
13：00～14：30	美國歌謠
15：30～17：30	演歌20首排行榜金曲
5月13日	
10：00～11：30	卡通歌
13：00～14：30	KTV人氣20曲
15：30～17：30	世界金曲

Ｂ 週末行程

	11日（五）	12日（六）	13日（日）
爸爸	晚上：聚餐	上午：無 下午：無	上午：無 下午：高爾夫
媽媽	晚上：無	上午：無 下午：無	上午：網球 下午：購物
小剛	晚上：補習	上午：無 下午：足球	上午：無 下午：無

--- Answer **1**

34 つよし君の家族が３人で行く
　　ことができるコンサートはど
　　れですか。

1　子どもの歌
2　演歌人気20曲
3　アニメの歌
4　カラオケ人気20曲

34 請問小剛一家三口都能去的演
　　唱會是哪一場呢？

1　兒歌
2　演歌 20 首排行榜金曲
3　卡通歌
4　KTV 人氣 20 曲

--- Answer **4**

35 つよし君のパパは、外国の音
　　楽を聴くのが趣味です。パパ
　　が行くことができるコンサー
　　トで、パパの趣味にいちばん
　　合うのはどれですか。

1　世界の歌
2　カラオケ人気20曲
3　アニメの歌
4　アメリカの歌

35 小剛的爸爸興趣是聽外國音樂。
　　在爸爸能去的演唱會當中，請
　　問最符合他興趣的是哪一場
　　呢？

1　世界金曲
2　KTV 人氣 20 曲
3　卡通歌
4　美國歌謠

解題攻略

選項1「兒歌」。從表（B）中可以看到，爸爸、媽媽、小剛在5月12日（星期六）上午都沒有安排任何活動，這個時間段正好對應到音樂會時間表（A）中的「10：00～11：30 子どもの歌」。因此，這是3人都有空參加的一場音樂會。

選項2「演歌20首排行榜金曲」。從表（B）看，5月12日下午，小剛的安排是足球，因此這一時段不是全家都有空。

選項3「卡通歌」。5月13日（星期日）上午，媽媽安排了打網球，所以並非全家都有空。

選項4「KTV人氣20曲」。同樣地，5月13日（星期日）下午，媽媽安排了購物，爸爸安排了高爾夫球，不是全家都有空的時段。

選項1「世界金曲」。這場音樂會在5月13日下午舉行。從表B（週末の予定）可以看出，小剛爸爸這時候安排了去打高爾夫，所以他無法參加。

選項2「KTV人氣20曲」。這場音樂會在5月13日中午過後舉行。同樣地，這時小剛爸爸已有其他活動安排。

選項3「卡通歌」。這場音樂會在5月13日上午舉行，小剛爸爸這時雖然沒有安排，但並不符合他喜歡外國音樂的興趣。

選項4「美國歌謠」。這場音樂會在5月12日下午舉行。根據表B，小剛爸爸這個時段沒有其他安排，因此他可以參加。同時，這也是唯一與「外國の音楽」相關的音樂會，更具體的是美國音樂，這符合他喜歡聽外國音樂的興趣。

「～ことができる」（能夠…）用來表示有能力、有辦法去完成某件事情。

補充單字 老幼與家人

□ 祖父 祖父，外祖父
□ 祖母 祖母，外祖母
□ 親 父母；祖先
□ 夫 丈夫
□ 主人 老公；主人
□ 妻 妻子，太太
□ 家内 妻子
□ 子 孩子
□ 赤ちゃん 嬰兒
□ 赤ん坊 嬰兒；不諳世事的人

補充單字 體育與競賽

□ 運動 運動；活動
□ テニス【tennis】 網球
□ テニスコート【tennis court】 網球場
□ 力 力氣；能力
□ 柔道 柔道
□ 水泳 游泳

もんだい6　Reading

つぎのＡ「今月の星座占い」とＢ「今月の血液型占い」を見て、質問に答えて
ください。答えは、１・２・３・４からいちばんいいものを一つえらんでくだ
さい。

34 今月、旅行へ行くといいのはどんな人ですか。
1　みずがめ座でＢ型の人
2　しし座でＯ型の人
3　おひつじ座でＡＢ型の人
4　おうし座でＡ型の人

35 今月、健康に気をつけたほうがいいのはどんな人ですか。
1　うお座でＢ型の人
2　てんびん座でＡＢ型の人
3　かに座でＯ型の人
4　さそり座でＡ型の人

A 【今月の星座占い】

順位	星座	アドバイス
1位	おひつじ座	チャンスがいっぱいあります。
2位	ふたご座	学校の勉強や仕事を頑張るといいです。
3位	やぎ座	なくしたものが見つかるかもしれません。
4位	みずがめ座	新しい友だちができそうです。
5位	しし座	一人でどこか遠くへ出かけてみましょう。
6位	うお座	嫌いな人とも話してみましょう。
7位	おうし座	失敗しても、早く忘れて、次に進みましょう。
8位	てんびん座	困ったことがあったら、友だちや家族に相談しましょう。
9位	かに座	小さいことを考え過ぎないようにしましょう。
10位	おとめ座	お金を使い過ぎる月になりそうです。
11位	いて座	わからないことがあったら、人に聞きましょう。
12位	さそり座	風邪をひきやすいですから、気をつけましょう。

B 【今月の血液型占い】

1位	B型	元気いっぱいに過ごすことができそうです。
2位	O型	遠くに住んでいる友だちに会いに行くと、うれしいことがあるでしょう。
3位	A型	おなかが痛かったり、頭が痛かったりすることが多くなりそうですから、健康に気をつけましょう。
4位	AB型	忘れものが多くなりそうなので、注意しましょう。

つぎのA「今月の星座占い」とB「今月の血液型占い」を見て、質問に答えてください。答えは、1・2・3・4からいちばんいいものを一つえらんでください。

A 【今月の星座占い】

順位	星座	アドバイス
1位	おひつじ座	チャンスがいっぱいあります。
2位	ふたご座	学校の勉強や仕事を頑張るといいです。
3位	やぎ座	なくしたものが見つかるかもしれません。
4位	みずがめ座	新しい友だちができそうです。 ┗文法詳見 P216
5位	しし座	一人でどこか遠くへ出かけてみましょう。
6位	うお座	嫌いな人とも話してみましょう。
7位	おうし座	失敗しても、早く忘れて、次に進みましょう。
8位	てんびん座	困ったことがあったら、友だちや家族に相談しましょう。
9位	かに座	小さいことを考え過ぎないようにしましょう。
10位	おとめ座	お金を使い過ぎる月になりそうです。 ┗文法詳見 P216
11位	いて座	わからないことがあったら、人に聞きましょう。
12位	さそり座	風邪をひきやすいですから、気をつけましょう。 ┗文法詳見 P216

34 題 關鍵句

35 題 關鍵句

B 【今月の血液型占い】

順位	血液型	アドバイス
1位	B型	元気いっぱいに過ごすことができそうです。
2位	O型	遠くに住んでいる友だちに会いに行くと、うれしいことがあるでしょう。
3位	A型	おなかが痛かったり、頭が痛かったりすることが多くなりそうですから、健康に気をつけましょう。
4位	AB型	忘れものが多くなりそうなので、注意しましょう。

34 題 關鍵句

35 題 關鍵句

□ 健康　健康
□ 星座　星座
□ 占い　占卜
□ 順位　排名
□ チャンス【chance】機會
□ 失敗　失敗
□ 相談　商量；溝通
□ 血液型　血型

請閱讀下列的A「本月星座運勢」和B「本月血型占卜」並回答問題。請從選項1・2・3・4當中選出一個最恰當的答案。

A【本月星座運勢】

排名	星座	建議
第1名	牡羊座	機會很多。
第2名	雙子座	學校課業或工作可以努力看看。
第3名	摩羯座	或許能找回失物。
第4名	水瓶座	能結交到新朋友。
第5名	獅子座	獨自去遠處的哪裡晃晃吧。
第6名	雙魚座	也和討厭的人說說話吧。
第7名	金牛座	就算失敗也趕快忘掉，繼續前進吧。
第8名	天秤座	有煩惱就找朋友或家人商量吧。
第9名	巨蟹座	別太過在意小事。
第10名	處女座	這個月支出似乎會超過許多。
第11名	射手座	有不明白的事物就請教他人吧。
第12名	天蠍座	容易感冒，請小心。

B【本月血型占卜】

1位	B型	可以精神奕奕地度過這個月。
2位	O型	去探望遠方的友人，會有好事發生。
3位	A型	這個月常常會肚子痛或是頭痛，所以請多注意健康。
4位	ＡＢ型	這個月常常忘東忘西，要小心。

[34] 今月、旅行へ行くといいのはどんな人ですか。

1　みずがめ座でＢ型の人
2　しし座でＯ型の人
3　おひつじ座でＡＢ型の人
4　おうし座でＡ型の人

[34] 請問這個月適合去旅行的是哪種人？

1　水瓶座Ｂ型的人
2　獅子座Ｏ型的人
3　牡羊座ＡＢ型的人
4　金牛座Ａ型的人

選項1「水瓶座Ｂ型的人」。星座預測指出「新しい友だちができそうです」（可能會交到新朋友）；而血型預測提到「元気いっぱいに過ごすことができそうです」（看起來將會精力充沛地度過）。這些描述與旅行相關性不大。

[35] 今月、健康に気をつけたほうがいいのはどんな人ですか。

1　うお座でＢ型の人
2　てんびん座でＡＢ型の人
3　かに座でＯ型の人
4　さそり座でＡ型の人

[35] 請問這個月最好要注意健康的是怎樣的人？

1　雙魚座Ｂ型的人
2　天秤座ＡＢ型的人
3　巨蟹座Ｏ型的人
4　天蠍座Ａ型的人

選項1「雙魚座Ｂ型的人」。星座預測「嫌いな人とも話してみましょう」（應該與不喜歡的人說說話），這與健康無直接關聯。血型預測「元気いっぱいに過ごすことができそうです」（看起來將會精力充沛地度過），這表示健康狀況良好。

解題攻略

選項2「獅子座O型的人」。星座方面建議「一人でどこか遠くへ出かけてみましょう」（應該獨自去遠方旅行）；血型預測則説「遠くに住んでいる友だちに会いに行くと、うれしいことがあるでしょう」（去遠方看朋友會有好事發生）。這些都直接與旅行相關，顯示獅子座O型的人非常適合旅行。

「～そうだ」（似乎…）前面如果接動詞ます形，表示說話者依據所見所聞做出的個人判斷。「～ても」是假設語氣，可以翻譯成「就算…」、「即使…」，表示後項的成立與否並不受前項限制。

選項3「牡羊座AB型的人」。星座指出「チャンスがいっぱいあります」（將會有很多機會）；但血型提示「忘れものが多くなりそうなので、注意しましょう」（可能會忘東忘西，需要注意）。這些描述與旅行的直接相關性不高。

選項4「金牛座A型的人」。星座建議「失敗しても、早く忘れて、次に進みましょう」（即使失敗，也應該快速放下，繼續前進）；血型則是「おなかが痛かったり、あたまが痛かったりすることが多くなりそうですから、健康に気をつけましょう」（可能會經常胃痛或頭痛，需注意健康），這些提示與旅行不太相符。

選項2「天秤座AB型的人」。星座預測「困ったことがあったら、友だちや家族に相談しましょう」（若有困擾，應該諮詢朋友或家人），與健康無明顯關聯。
血型預測「忘れものが多くなりそうなので、注意しましょう」（可能會經常忘東忘西，需要注意），主要關注精神狀態而非身體健康。

「～たら」（要是…就…）表示條件，如果前項發生就可以採取後項行為。「動詞ます形＋過ぎる」（過於…），表示程度超出限度，帶有負面的語感。「動詞ます形＋やすい」（容易…），表示某個行為很好達成，或是某件事情很容易發生。

選項3「巨蟹座O型的人」。星座預測「小さいことを考え過ぎないようにしましょう」（不要過度擔心小事），這與健康相關性不高。
血型預測「遠くに住んでいる友だちに会いに行くと、うれしいことがあるでしょう」（若去看遠方的朋友會有喜事），與健康狀況無直接聯繫。

「～ようにする」（設法…）表示努力地達成某個目標或是把某件事變成習慣，這個句型和「急にうまくいくようになるでしょう」的「～ようになる」（變得…）很容易搞混，要記得「する」的語感是積極地去做、去改變，「なる」則是用在自然的變化。

選項4「天蠍座A型的人」。星座預測「風邪をひきやすいですから、気をつけましょう」（容易感冒，需注意），這明確指出需要關注健康。
血型預測「おなかが痛かったり、頭が痛かったりすることが多くなりそうですから、健康に気をつけましょう」（可能會經常腹痛或頭痛，應該注意健康），這進一步強調了健康問題的可能性。

📝 文法と萬用句型

【動詞ます形】＋そうだ。表示很有可能發生某事態。

❶ ⬜⬜⬜＋そうだ　可能

> **例句** 曇ってきた。雨が降りそうだ。
> 天變得陰沉了。可能要下雨了。

【[形容詞・形容動詞]詞幹；動詞ます形】＋すぎる。表示程度超過限度，超過一般水平，過份的狀態。

❷ ⬜⬜⬜＋すぎる　太…、過於…

> **例句** 肉を焼きすぎました。
> 肉烤過頭了。

〔替換單字・短句〕
□ **目・使い** 眼睛・（過度）使用
□ **テレビ・見** 電視・看（太多）

【動詞ます形】＋やすい。表示該行為、動作很容易做，該事情很容易發生，或是性質上很容易有那樣的傾向，與「〜にくい」相對。

❸ ⬜⬜⬜＋やすい　容易…、好…

> **例句** 木綿の下着は洗いやすい。
> 棉質內衣容易清洗。

〔替換單字・短句〕
□ **この花は育て** 這種花（容易）培育
□ **秋は風邪をひき** 秋天（容易）感冒
□ **このコンピューターは使い** 這台電腦（很好）使用

💡 小知識大補帖

▶ **去日本的神社求籤吧！**

　　台灣人對算命和宗教信仰可是非常認真，從小就開始尋求神明庇佑，無論大小事都愛找算命師指點迷津。

　　反觀日本人，他們對算命和宗教信仰就淡定多了。雖然也有占卜的傳統，但一般只在新年或結婚、開業等重要時刻到神社求籤。對他們來說，這更像是一種儀式感，而不是生活的必需品。

　　近年來，日本的神社和寺廟成為觀光熱點，但這主要是因為它們的歷史和文化價值，而非日本人對宗教的狂熱。日本人更喜歡欣賞神社寺廟的美麗，而不是過於依賴它們。

　　所以，下次你在台灣看到大家熱衷算命，不妨笑著想想日本人的「隨性」態度吧！兩國各有各的有趣之處。近年來，日本的神社和寺廟已經成為觀光客必訪的景點。

　　許多外國觀光客在求籤時都會有個疑問：「日本的神明聽得懂我的話嗎？」雖然心誠則靈，但參拜求籤是為了心安，如果一直糾結"神明懂不懂我的意思"，反而更不安了。

　　這裡有萬用句：「時間＋の＋名詞＋はどうですか。」（＿＿＿的＿＿＿如何？）只要用這句話就能輕鬆搞定！兩個空格可以填入以下替換單字：

「今年<ruby>こ と し</ruby>」（今年）／「運勢<ruby>うんせい</ruby>」（運勢）
「来年<ruby>らいねん</ruby>」（明年）／「金銭運<ruby>きんせんうん</ruby>」（財運）
「今月<ruby>こんげつ</ruby>」（這個月）／「仕事運<ruby>し ごとうん</ruby>」（工作運）
「今週<ruby>こんしゅう</ruby>」（這星期）／「恋愛運<ruby>れんあいうん</ruby>」（戀愛運）

　　下次去參拜求籤時，不必再擔心日本的神明不懂你的意思啦！這句萬用句也可以在算命時使用喔！所以，趕快學起來，讓你在神社求籤時更加自信吧！

▶血型占卜

　　在日本，血液型占卜比星座占卜更為普遍和受歡迎。許多日本人相信一個人的性格和行為可以通過血型來解釋和預測，這就像在台灣大家喜歡根據星座來了解個性一樣。

　　當然，這並不意味著在日本就沒有星座占卜。星座占卜在日本也有不少粉絲，許多網站和雜誌都會提供星座運勢預測，讓喜歡星座的朋友們大飽眼福。

根據「血液型占<ruby>けつえきがたうらな</ruby>い」的說法：

A 型人：「真面目<ruby>ま じ め</ruby>」（認真）、「心配性<ruby>しんぱいしょう</ruby>」（愛操心）
B 型人：「マイペース」（我行我素）
O 型人：「熱血<ruby>ねっけつ</ruby>っぽい」（熱血）、做事「大雑把<ruby>おおざっぱ</ruby>」（粗枝大葉）
AB 型人：「二面性<ruby>に めんせい</ruby>がある」（雙重人格）的傾向，非常「ミステリアス」（神秘）

　　不過，血型占卜本質上屬於一種非科學的觀念，大家不要過於迷信。將其視為輕鬆的聊天話題倒是還不錯的。

常用的表達關鍵句

＊{ } 內也可自行帶入其他詞彙、短句喔！

01 表示可能、可以、會、難易

→ {塗り} やすい {口紅} ／易於 {塗抹} 的 {口紅}。

→ {壊れ} にくい {玩具} ／不易 {損壞} 的 {玩具}。

→ {お料理も楽しむ} ことができる／{還} 能 {品嚐美味的料理}。

→ {日曜日は出かけ} られる／{星期天} 能夠 {外出}。

02 表示假說

→ {新幹線の自由席で故郷に帰る} かもしれない／{我} 可能 {會搭新幹線的自由座返鄉}。

→ {彼は、やさしいお医者さん} ではないだろうか／{他} 是位 {親切和善的醫生}。

03 表示提議、建議

→ {歯科医院には定期的に通う} ようにしましょう／建議 {定期到牙醫診所進行檢查}。

→ {いろいろあって疲れたなあ、そろそろ寝} よう／{發生好多事，真是累壞了呢，差不多該上床睡覺了} 吧！

→ {今日は菊のお花を飾} るといいです／{今天} 你最好 {擺上菊花做裝飾}。

→ {出産するなら、ここに引っ越し} たほうがいい／{預計要產子的話，} 最好 {般到這裡住}。

→ {高い着物は買わ} ないほうがいい／最好不要 {購買價格昂貴的和服}。

04 表示禁止

→ {先輩に遠慮する} な／不要 {跟前輩客氣}。

→ {犬や猫を苛め} てはいけない／不可以 {虐待貓狗等小動物}。

→ {決して嘘をつい} てはいけません／{絕對} 不許 {說謊}。

關鍵字記單字

▶關鍵字	▶▶單字	
催す もよお 舉辦	□ **式** しき	式；典禮，儀式；婚禮
	□ **会** かい	為興趣、研究而組成的集會
	□ **宴会** えんかい	宴會
	□ **送別会** そうべつかい	餞別宴會，歡送會辭別宴會
	□ **合コン** ごう	聯誼，男學生和女學生等兩個以上的小組聯合舉行的聯誼會
	□ **コンサート** 【concert】	音樂會，演奏會
	□ **展覧会** てんらんかい	展覽會
	□ **開く** ひら	（事物、業務）開始；開張
止める・辞める や や め 中止、取消、放棄	□ **中止** ちゅうし	中止，停止進行
	□ **投げる** な	放棄；不認真搞，潦草從事
	□ **止める** や	停止，放棄，取消，作罷
	□ **辞める** や	辭去，辭掉
	□ **下りる** お	退出，停止參與事務
	□ **下りる** お	退位，卸任，從職位上退下
ない 不、沒、缺、空	□ **キャンセル** 【cancel】	取消（合約等）；作廢
	□ **包む** つつ	籠罩，覆蓋；隱沒，沉浸
	□ **無くす** な	遺失
	□ **落とす** お	失落，丟掉，遺失
	□ **欠ける** か	（月亮的）缺，虧
	□ **欠ける** か	缺少，欠，不足，不夠，缺額
	□ **下りる** お	卸下，煩惱等沒了
	□ **無くなる** な	沒了，消失

もんだい6　Reading

Track 33

つぎのA「朝の特別メニュー」とB「500円ランチ」を見て、質問に答えてください。
答えは、1・2・3・4からいちばんいいものを一つえらんでください。

[34]　朝、会社に行く前はあまり時間がありません。そんなとき、どれを注文するといいですか。

1　お子さまコース

2　お急ぎコース

3　ゆっくりコース

4　サンドイッチ

[35]　日曜日のお昼に、家族3人でさくら喫茶で食事をしました。わたしと家内は500円ランチに紅茶を追加しましたが、子どもは甘いものも食べたいと言ったので、少し多くお金がかかりました。3人でいくら払いましたか。

1　400円

2　1750円

3　1900円

4　2000円

さくら喫茶

A 朝の特別メニュー（8：00〜11：30）

1 お子さまコース【パン、卵、サラダ、ジュース】350円

2 お急ぎコース【パン、卵、フルーツ、コーヒーか紅茶】
400円（急いでいるお客様は、こちらをどうぞ）

3 ゆっくりコース【パン、卵、サラダ、フルーツ、コーヒーか
紅茶（おかわり自由）】500円（ゆっくりお食事できるお客
様は、こちらをどうぞ）

さくら喫茶

B 500円ランチ（11：30〜14：00）

月曜日	火曜日	水曜日	木曜日	金曜日	土曜日	日曜日
カレー	牛どん	サンドイッチ	焼き魚	ハンバーグ	うどん	ステーキ

500円ランチをご注文のお客様には、お飲み物とサラダと
ケーキを次の料金でサービスいたします。

＋100円　お飲み物（コーヒーか紅茶）

＋150円　お飲み物（コーヒーか紅茶）、サラダ

＋200円　お飲み物（コーヒーか紅茶）、ケーキ

つぎのA「朝の特別メニュー」とB「500円ランチ」を見て、質問に答えてください。答えは、1・2・3・4からいちばんいいものを一つえらんでください。

さくら喫茶

A 朝の特別メニュー（8：00〜11：30）

1 お子さまコース【パン、卵、サラダ、ジュース】350円

2 お急ぎコース【パン、卵、フルーツ、コーヒーか紅茶】400円（急いでいるお客様は、こちらをどうぞ）

3 ゆっくりコース【パン、卵、サラダ、フルーツ、コーヒーか紅茶（おかわり自由）】500円（ゆっくりお食事できるお客様は、こちらをどうぞ）

> 34題
> 關鍵句

さくら喫茶

B 500円ランチ（11：30〜14：00）

月曜日	火曜日	水曜日	木曜日	金曜日	土曜日	日曜日
カレー	牛どん	サンドイッチ	焼き魚	ハンバーグ	うどん	ステーキ

500円ランチをご注文のお客様には、お飲み物とサラダとケーキを次の料金でサービスいたします。

＋100円　お飲み物（コーヒーか紅茶）

＋150円　お飲み物（コーヒーか紅茶）、サラダ

＋200円　お飲み物（コーヒーか紅茶）、ケーキ

> 35題
> 關鍵句

□ メニュー【menu】菜單
□ コース【course】套餐
□ 急ぎ 勿忙
□ フルーツ【fruits】水果
□ ランチ【lunch】午餐
□ カレー【curry】咖哩
□ 牛どん 牛肉蓋飯

□ 焼き魚 烤魚
□ うどん 烏龍麵
□ ステーキ【steak】牛排
□ サービス【service】服務

請閱讀下列的Ａ「早餐特餐」和Ｂ「500圓午餐」並回答問題。請從選項１・２・３・４當中選出一個最恰當的答案。

櫻花咖啡廳

Ａ 早餐特餐（08：00～11：30）

・兒童餐【麵包、蛋、沙拉、果汁】 350圓

・匆忙套餐【麵包、蛋、水果、咖啡或紅茶】 400圓（推薦給趕時間的客人選用）

・悠閒套餐【麵包、蛋、沙拉、水果、咖啡或紅茶（可續杯）】 500圓（歡迎可以悠閒用餐的客人選用）

櫻花咖啡廳

Ｂ 500圓午餐（11：30～14：00）

星期一	星期二	星期三	星期四	星期五	星期六	星期日
咖哩	牛肉蓋飯	三明治	烤魚	漢堡排	烏龍麵	牛排

點500圓午餐的客人，可以享有下列的飲料、沙拉、蛋糕加點優惠。

＋100圓　飲料（咖啡或紅茶）

＋150圓　飲料（咖啡或紅茶）、沙拉

＋200圓　飲料（咖啡或紅茶）、蛋糕

Answer **2**

34 朝、会社に行く前はあまり時間がありません。そんなとき、どれを注文するといいですか。

1 お子さまコース

2 お急ぎコース

3 ゆっくりコース

4 サンドイッチ

34 早上上班前沒什麼時間。請問像這種時候，應該要點哪個套餐好呢？

1 兒童餐

2 匆忙套餐

3 悠閒套餐

4 三明治

Answer **3**

35 日曜日のお昼に、家族3人でさくら喫茶で食事をしました。わたしと家内は500円ランチに紅茶を追加しましたが、子どもは甘いものも食べたいと言ったので、少し多くお金がかかりました。3人でいくら払いましたか。

1 400円

2 1750円

3 1900円

4 2000円

35 星期日中午，一家三口一起在櫻花咖啡廳吃飯。我和太太都點了500圓午餐，再加點紅茶，小孩因為想吃甜食，所以多付了點錢。請問3人總共付了多少錢呢？

1 400 圓

2 1750 圓

3 1900 圓

4 2000 圓

解題攻略

選項1「お子さまコース」（兒童餐）。包括麵包、雞蛋、沙拉和果汁，售價350圓。儘管價格合理，這個選項並未特別針對匆忙的早晨而設計。

> 「おかわり」是「再來一份」的意思，「おかわり自由」是「免費再續」的意思。

選項2「お急ぎコース」（匆忙套餐）。包含麵包、雞蛋、水果，以及咖啡或茶，售價400圓。這個選項特別指出，適合早上趕往公司前，快速用餐需求的顧客：「急いでいるお客様は、こちらをどうぞ」（如果您很趕，請選擇這個套餐）。

選項3「ゆっくりコース」（悠閒套餐）。包括麵包、雞蛋、沙拉、水果以及可免費續杯的咖啡或茶，售價500圓。這個選項鼓勵顧客慢慢享用，明顯不適合時間緊迫的早晨。

選項4「サンドイッチ」（三明治）。這是午餐菜單的一部分，並不適用於早餐時間。

選項1「400圓」。這個選項明顯太低，因為一份午餐就是500圓，不可能3個人的總費用只有400圓。

> 「いたす」是敬語表現，是「する」的謙讓語，透過降低自己的姿態來提高對方的地位。「家内」(內人)用來在外人面前稱呼自己的太太。

選項2「1750圓」。這個金額看起來也不符合所提供的服務和商品總和。

選項3「1900圓」。從描述中，我們知道3人中有兩位成人點了500圓的午餐，並各自加點了100圓的紅茶。小孩除了500圓的午餐外，還願意要一些甜點，所以選擇了加200圓的套餐（包含蛋糕）。因此，計算如下：

成人午餐及紅茶：（500＋100 圓）× 2人＝1200圓

小孩午餐及甜點套餐：500圓＋200圓＝700圓

總計：1200圓＋700圓＝1900圓

這符合選項3的金額。

選項4「2000圓」。這個金額略高於所需支付的總金額。

もんだい6 Reading

Track 34

つぎのA「林さんから陳さんへのメール」とBのパンフレットを見て、質問に答えてください。答えは、1・2・3・4からいちばんいいものを一つえらんでください。

34 あしたの授業（じゅぎょう）のあと、二人（ふたり）が遊（あそ）びに行（い）くことができる場（ば）所（しょ）はどこですか。

1 陳（チン）さんの家（いえ）

2 さくら美術館（びじゅつかん）

3 ひまわり公園（こうえん）

4 コスモスデパート

35 陳（チン）さんは、今度（こんど）の土曜日（どようび）か日曜日（にちようび）に、さくら美術館（びじゅつかん）に行（い）きたいと思（おも）っています。陳（チン）さんはいちばん遅（おそ）くて何時（なんじ）までに美術館（びじゅつかん）に着（つ）かなければいけませんか。

1 午後（ごご）5時半（じはん）

2 午後（ごご）6時（じ）

3 午後（ごご）7時半（じはん）

4 午後（ごご）8時（じ）

A 林さんから陳さんへのメール

陳さんへ
あしたは水曜日なので、授業は５時半までですね。
家に帰る前に、どこかへ遊びに行きませんか。

林

B パンフレット

さくら美術館
火曜日〜金曜日：午前９時半〜午後６時 （中に入れるのは30分前まで）
土曜日・日曜日：午前９時半〜午後８時 （中に入れるのは30分前まで）
休み：毎週月曜日
★いろいろな絵を見ることができます。

ひまわり公園
月曜日・火曜日・木曜日：午前８時〜午後８時
金曜日〜日曜日：午前８時〜午後11時
休み：毎週水曜日
★今週の金曜日からプールが始まります。

コスモスデパート
月曜日〜木曜日：午前10時〜午後８時
金曜日〜日曜日：午前10時〜午後９時
休みはありません。
★今週の水曜日から土曜日まで、洋服が安いです。

つぎのA「林さんから陳さんへのメール」とBのパンフレットを見て、質問に答えてください。答えは、1・2・3・4からいちばんいいものを一つえらんでください。

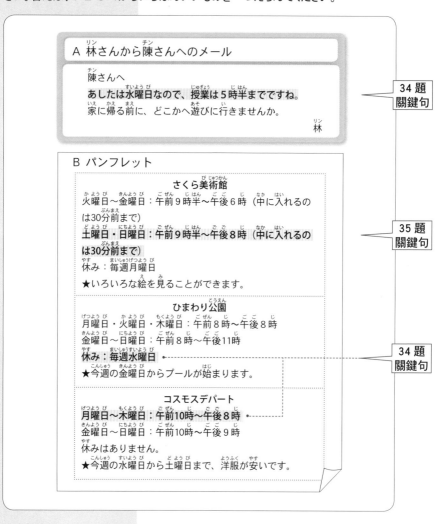

A 林（リン）さんから陳（チン）さんへのメール

陳（チン）さんへ

あしたは水曜日（すいようび）なので、授業（じゅぎょう）は5時半（じはん）までですね。
家（いえ）に帰（かえ）る前（まえ）に、どこかへ遊（あそ）びに行（い）きませんか。

林（リン）

【34題 關鍵句】

B パンフレット

さくら美術館（びじゅつかん）
火曜日（かようび）～金曜日（きんようび）：午前（ごぜん）9時半（じはん）～午後（ごご）6時（じ）（中（なか）に入（はい）れるのは30分前（ぷんまえ）まで）
土曜日（どようび）・日曜日（にちようび）：午前（ごぜん）9時半（じはん）～午後（ごご）8時（じ）（中（なか）に入（はい）れるのは30分前（ぷんまえ）まで）
休（やす）み：毎週月曜日（まいしゅうげつようび）

★いろいろな絵（え）を見（み）ることができます。

【35題 關鍵句】

ひまわり公園（こうえん）
月曜日（げつようび）・火曜日（かようび）・木曜日（もくようび）：午前（ごぜん）8時（じ）～午後（ごご）8時（じ）
金曜日（きんようび）～日曜日（にちようび）：午前（ごぜん）8時（じ）～午後（ごご）11時
休（やす）み：毎週水曜日（まいしゅうすいようび）

★今週（こんしゅう）の金曜日（きんようび）からプールが始（はじ）まります。

【34題 關鍵句】

コスモスデパート
月曜日（げつようび）～木曜日（もくようび）：午前（ごぜん）10時～午後（ごご）8時（じ）
金曜日（きんようび）～日曜日（にちようび）：午前（ごぜん）10時～午後（ごご）9時（じ）
休（やす）みはありません。

★今週（こんしゅう）の水曜日（すいようび）から土曜日（どようび）まで、洋服（ようふく）が安（やす）いです。

□ 授業（じゅぎょう） 上課
□ 遊（あそ）ぶ 遊玩
□ 場所（ばしょ） 地方
□ 美術館（びじゅつかん） 美術館
□ 公園（こうえん） 公園
□ 着（つ）く 到達
□ パンフレット【pamphlet】 導覽手冊
□ 毎週（まいしゅう） 毎週
□ 今週（こんしゅう） 本週
□ プール【pool】 游泳池
□ 洋服（ようふく） 服装；西裝

請閱讀下列的A「林同學寄給陳同學的電子郵件」和B的導覽手冊並回答問題。請從選項 1・2・3・4 當中選出一個最恰當的答案。

A　林同學寄給陳同學的電子郵件

陳同學：

　　明天是星期三，課只上到5點半吧？
　　回家之前要不要去哪裡玩玩呢？

林

B　導覽手冊

櫻花美術館

週二～週五：上午9點半～下午6點（最後入場時間是閉館前30分鐘）

週六～週日：上午9點半～晚上8點（最後入場時間是閉館前30分鐘）

休館日：每週一

★可以參觀許多畫作。

向日葵公園

週一、週二、週四：上午8點～晚上8點

週五～週日：上午8點～晚上11點

休園日：每週三

★自本週五開始開放游泳池。

波斯菊百貨

週一～週四：上午10點～晚上8點

週五～週日：上午10點～晚上9點

全年無休。

★本週三至週六服裝有特價。

‖‖‖

Answer **4**

34 あしたの授業のあと、二人が遊びに行くことができる場所はどこですか。

1　陳さんの家

2　さくら美術館

3　ひまわり公園

4　コスモスデパート

34 請問明天下課後，這兩人能去哪裡玩呢？

1　陳同學家

2　櫻花美術館

3　向日葵公園

4　波斯菊百貨

Answer **3**

35 陳さんは、今度の土曜日か日曜日に、さくら美術館に行きたいと思っています。陳さんはいちばん遅くて何時までに美術館に着かなければいけませんか。

1　午後5時半

2　午後6時

3　午後7時半

4　午後8時

35 陳同學這個禮拜六或禮拜日想去櫻花美術館。請問他最晚必須幾點到美術館呢？

1　下午5點半

2　晚上6點

3　晚上7點半

4　晚上8點

解題攻略

選項1「陳同學的家」。這個選項理論上是可能的，但從林同學的郵件來看，他建議去外面玩，而不是回家，所以這個選項並不符合郵件的提議。

> 「〜ことができる」（能夠…）用來表示有能力、有辦法去完成某件事情。

選項2「櫻花美術館」。美術館週三的營業時間是到下午6點，但最後入場時間是前30分鐘（也就是5點半），因此他們在下課後無法進入。文中提到：「火曜日〜金曜日：午前9時半〜午後6時（中に入れるのは30分前まで）」。

選項3「向日葵公園」。這個地方在週三是休息日，因此他們無法前往。文中提到：「休み：毎週水曜日」。

選項4「波斯菊百貨公司」。這是一個正確的選項。百貨公司週三的營業時間是到晚上8點，因此他們在下課後有時間去這裡。文中提到：「月曜日〜木曜日：午前10時〜午後8時」。

選項1「下午5點半」。文中提到，週末的美術館開放到晚上8點，最後入場時間是關閉前30分鐘，即7點半前。因此，5點半並非最晚必須到達的時間。

> 「動詞未然形＋なければならない」（不得不…）表示基於某種規範，有義務、責任去做某件事情。

選項2「晚上6點」。同樣，這個時間早於必要的最晚入場時間，不是最遲必須到達的時間。

選項3「晚上7點半」。按照美術館的規定，週末的最後入場時間是晚上8點的前半小時，即7點半。因此，若要進入美術館，陳同學必須最遲在這個時間到達。文中提到：「土曜日・日曜日：午前9時半〜午後8時（中に入れるのは30分前まで）」符合提問。

選項4「晚上8點」。這個時間已經超過了美術館的開放時間，因此不可能是一個可行的選項。

補充單字 休閒、旅遊

- □ 遊び 遊玩；不做事
- □ 予約 預約
- □ 出発 出發；開始
- □ 案内 引導；陪同遊覽
- □ 見物 觀光，參觀
- □ 景色 景色，風景
- □ 旅館 旅館
- □ 泊まる 住宿；停泊
- □ お土産 當地名產；禮物

もんだい6　Reading

Track 35

つぎの「駐車場のご利用案内」を見て、質問に答えてください。答えは、1・2・3・4からいちばんいいものを一つえらんでください。

34 木村（きむら）さんがもらうことができる「無料駐車券（むりょうちゅうしゃけん）」はどれですか。

1　1時間（じかん）の無料駐車券（むりょうちゅうしゃけん）

2　2時間（じかん）の無料駐車券（むりょうちゅうしゃけん）

3　3時間（じかん）の無料駐車券（むりょうちゅうしゃけん）

4　もらえない

35 木村（きむら）さんは買（か）い物（もの）に全部（ぜんぶ）で4時間（じかん）かかってしまいました。木村（きむら）さんは駐車料金（ちゅうしゃりょうきん）をいくら払（はら）わなければなりませんか。

1　300円（えん）

2　1000円（えん）

3　2000円（えん）

4　払（はら）わなくてもいい

　木村さんは、車でやまとデパートに買い物に行きました。デパートでは最初にくつを見に行きました。いいくつがありましたが、3000円は高いと思ったので買いませんでした。それから、1500円のシャツを買って、次に1800円のセーターを買いました。そのあと、おなかがすいたので、レストランで1000円の焼き魚定食を食べました。最後に、スーパーで1200円のワインを1本買いました。

★やまとデパート駐車場のご利用案内

● 駐車料金：1時間300円

● 「無料駐車券」のご案内

▲ 1000円以上お買い物をした方には、1時間の「無料駐車券」を差し上げます。

▲ 3000円以上お買い物をした方には、2時間の「無料駐車券」を差し上げます。

▲ 5000円以上お買い物をした方には、3時間の「無料駐車券」を差し上げます。

▲ レシートを1階の案内所へお持ちください。

▲ 無料駐車券の時間より長く駐車場をご利用の場合は、過ぎた時間の分の料金を払ってください。

つぎの「駐車場のご利用案内」を見て、質問に答えてください。答えは、1・2・3・4からいちばんいいものを一つえらんでください。

木村さんは、車でやまとデパートに買い物に行きました。デパートでは最初にくつを見に行きました。いいくつがありましたが、3000円は高いと思ったので買いませんでした。それから、**1500円のシャツを買って、次に1800円のセーターを買いました。** そのあと、おなかがすいたので、**レストランで1000円の焼き魚定食を食べました。** 最後に、**スーパーで1200円のワインを1本買いました。**

> **34 題 關鍵句**

> **35 題 關鍵句**

★やまとデパート駐車場のご利用案内

● 駐車料金：1時間300円

● 「無料駐車券」のご案内

▲ 1000円以上お買い物をした方には、1時間の「無料駐車券」を差し上げます。

▲ 3000円以上お買い物をした方には、2時間の「無料駐車券」を差し上げます。

▲ 5000円以上お買い物をした方には、3時間の「無料駐車券」を差し上げます。

> **34.35 題 關鍵句**

▲ レシートを1階の案内所へお持ちください。

▲ 無料駐車券の時間より長く駐車場をご利用の場合は、過ぎた時間の分の料金を払ってください。

> **35 題 關鍵句**

請閱讀下列的「停車場使用說明」並回答問題。請從選項1・2・3・4當中選出一個最恰當的答案。

木村先生開車去大和百貨買東西。在百貨公司裡，他最先去看鞋子。雖然有看到不錯的，但他覺得3000圓很貴，所以沒買。接著他買了1500圓的襯衫，然後買了1800圓的毛衣。之後他肚子餓了，就在餐廳吃了1000圓的烤魚定食。最後他在超市買了一瓶1200圓的紅酒。

★大和百貨停車場使用說明

● 停車費：一小時300圓
●「免費停車券」的說明

▲ 消費滿1000圓的顧客，將贈送1小時的「免費停車券」。
▲ 消費滿3000圓的顧客，將贈送2小時的「免費停車券」。
▲ 消費滿5000圓的顧客，將贈送3小時的「免費停車券」。
▲ 請攜帶收據至1樓詢問處。
▲ 使用「免費停車券」若超出規定時間，請補上超時費用。

もんだい6　Reading

34 木村さんがもらうことができる「無料駐車券」はどれですか。

1　1時間の無料駐車券

2　2時間の無料駐車券

3　3時間の無料駐車券

4　もらえない。

34 請問木村先生可以得到哪張「免費停車券」？

1　1小時的免費停車券

2　2小時的免費停車券

3　3小時的免費停車券

4　沒辦法得到

35 木村さんは買い物に全部で4時間かかってしまいました。木村さんは駐車料金をいくら払わなければなりませんか。
└文法詳見 P238

1　300円

2　1000円

3　2000円

4　払わなくてもいい
└文法詳見 P238

35 木村先生一共花了4個小時購物。請問木村先生必須付多少錢的停車費呢？

1　300圓

2　1000圓

3　2000圓

4　不用付

解題攻略

選項1公告中提到消費1000圓以上可獲得 1 小時免費停車券。木村先生的消費遠超過這個金額，但還有更高額的消費，因此這選項雖然符合條件，但不是最佳答案。

選項2公告中提到消費3000圓以上可獲得 2 小時免費停車券。木村先生的消費同樣超過這個金額，但仍有更高的消費選項適用。

選項3根據公告，消費5000圓以上可獲得 3 小時免費停車券。木村先生的總消費為5500圓，完全符合此條件。因此，這是正確的答案。

選項4木村先生的消費顯然超過了可獲得任何免費停車券的最低消費標準，因此「沒辦法得到」這個選項不正確。

選項1木村先生使用了 3 小時的免費停車券，但購物總時間為 4 小時，因此超過了 1 小時。根據公告「無料駐車場の時間より長く駐車場をご利用の場合は、過ぎた時間の分の料金を払ってください」（若使用免費停車券超過時間，需支付超過時間的費用），以及「駐車料金：1時間300円」（停車費用：每小時300圓），木村先生需支付超過的 1 小時，費用為300圓。因此，選項 1 正確。

選項2「1000圓」的數額不符合實際超過的時間費用計算，故為錯誤選項。

選項3「2000圓」提供的數額同樣過高，並不符合實際需要支付的超時費用。

選項4根據停車場的規定，超過免費時間的部分需額外支付費用。木村先生使用了 3 小時的免費停車券，但購物 4 小時，超過了 1 小時。因此「不用付」這個選項也不正確。

📝 文法と萬用句型

【動詞否定形】＋なければならない。表示無論是自己或對方，從社會常識或事情的性質來看，不那樣做就不合理，有義務要那樣做。

1 ＿＿＿＿＋なければならない

必須…、應該…

例句 医者になるためには国家試験に合格しなければならない。

想當醫生，就必須通過國家考試。

【動詞否定形（去い）】＋くてもいい。表示允許不必做某一行為，也就是沒有必要，或沒有義務做前面的動作。

2 ＿＿＿＿＋なくてもいい

不…也行、用不著…也可以

例句 暖房をつけなくてもいいです。

不開暖氣也可以。

〔替換單字・短句〕
□ 電気をつけ　開電燈
□ 窓をあけ　開窗
□ ドアをしめ　關門

📝 小知識大補帖

▶ 來點日語小知識！

　　你知道在日語裡，如果你得做某事但又不想説得那麼正式，你可以用「なければなりませんか」來表達一種疑問，像是在問：「パスポートの申請は、本人が来なければなりませんか。」（請問申請護照非得本人親自到場不可嗎？）。更隨意一點？直接用「なきゃ」來替代吧！例如，説「この本は明日までに返さなきゃ」（這本書明天之前必須歸還），來代替完整的「この本は明日までに返さなければならない」吧！

▶ 來點赴日購物小撇步！

　　東京和大阪這些大城市的物價基本持平，但轉到郊外小鎮，價格就會便宜大約20%。當然，別忘了還得加上那 10% 的消費税。想省錢嗎？以下是幾個省錢的小妙招：

1.打折季節購物：日本的各大百貨公司、商店通常會在特定季節推出折扣活動，這是最佳的省錢時機。

2.使用交通 IC 卡：如 Suica 或 Pasmo 卡，這些卡片可以在便利店、自動販賣機等地方充值使用，並享有一些優惠。

3.在免稅商店購物：外國旅客在符合條件的商店消費，可以申請免稅。但需要注意的是，免稅通常要求購物金額達到一定標準。

4.善用網路優惠券：日本的各大百貨公司、商店和網站都會提供各種優惠券，可以上網搜索並使用。

另外，在日本殺價的機會相對較少。大型商場和連鎖店的價格通常是固定的。不過，在一些小店或市場，可以試著詢問是否有議價的空間。

掌握這些技巧，讓你在日本購物更加划算，省下更多錢享受美食和旅遊吧！如果成功，那可真是一件有趣的事情！

殺價時可以試試這幾句：

「ちょっと高いですね。」（這個有點貴哦。）

「安くしてください。」（請給便宜點。）

「安くしてくれませんか。」（能便宜點嗎？）

「1000 円でいいですか。」（1000 圓可以嗎？）

「ふたつ 1500 円でいいですか。」（兩個算 1500 圓可以嗎？）

▶關於租車

如果公共交通不便，試試租車或搭計程車。自 2007 年起，持台灣駕照及其日文翻譯版在日本就可以合法開車了。記住，日本是靠左行駛，方向盤在右，小心駕駛！ 日本的租車通常要求使用信用卡進行預付，但並非所有租車公司都完全不接受現金。某些租車公司可能會接受現金支付。注意超時、沒加滿油或車輛損毀可能會有額外費用。

Track 36

つぎの「ケーキ教室」のお知らせを見て、質問に答えてください。答えは、1・2・3・4からいちばんいいものを一つえらんでください。

34 里香さんはこのケーキ教室に行きたいです。まず何をしなければいけませんか。

1 先生に電話する。

2 お日さまビルに行く。

3 ケーキを作る。

4 佐藤さんに電話する。

35 里香さんのお母さんもこの教室に行きたいです。里香さんはケーキを作ったことがありませんが、お母さんは時々作ります。二人はどの教室に行ったほうがいいですか。

1 里香さんはA教室、お母さんはB教室

2 里香さんはB教室、お母さんはA教室

3 里香さんはA教室、お母さんもA教室

4 里香さんはB教室、お母さんもB教室

「お日さまケーキ教室」

7月30日（土）10：00〜14：00
場所　お日さまビル3階　A教室とB教室

「お日さまケーキ教室」では、ケーキの作り方を先生がお教えします。

場所	先生	ケーキ	料金
A教室	山本裕子先生	チーズケーキ	1500円
B教室	田中弓枝先生	チョコレートケーキ	2000円

① 初めてケーキを作る人には「チーズケーキ」のほうが簡単なので、そちらに参加してください。
② 30日は、教室に9時半までに来てください。
③ 料金は30日の授業が始まる前に教室で払ってください。

参加希望の方は28日までに、佐藤にお電話ください。
佐藤静子　　03-○○○○-▲▲▲▲

つぎの「ケーキ教室」のお知らせを見て、質問に答えてください。答えは、1・2・3・4からいちばんいいものを一つえらんでください。

「お日さまケーキ教室」

7月30日（土）10：00〜14：00

場所　お日さまビル3階　A教室とB教室

「お日さまケーキ教室」では、ケーキの作り方を先生がお教えします。

場所	先生	ケーキ	料金
A教室	山本裕子先生	チーズケーキ	1500円
B教室	田中弓枝先生	チョコレートケーキ	2000円

① 初めてケーキを作る人には「チーズケーキ」のほうが簡単なので、そちらに参加してください。
② 30日は、教室に9時半までに来てください。
③ 料金は30日の授業が始まる前に教室で払ってください。

参加希望の方は28日までに、佐藤にお電話ください。
佐藤静子　03-○○○○-▲▲▲▲

35題
關鍵句

34題
關鍵句

□ ケーキ教室【cake教室】蛋糕教室
□ まず　首先
□ ビル【building之略】大樓
□ 時々　有時候
□ お日さま　太陽
□ チーズ【cheese】起司
□ チョコレート【chocolate】巧克力
□ 初めて　第一次
□ 参加　參加
□ 〜までに　在…之前
□ 〜前に　…前
□ 希望　希望；欲…

請閱讀下列的「蛋糕教室」的公告並回答問題。請從選項 1・2・3・4 當中選出一個最恰當的答案。

「太陽蛋糕教室」

7 月30日（六）10：00～14：00

地點　太陽大樓 3 樓　Ａ教室及Ｂ教室

在「太陽蛋糕教室」，老師會教你如何製作蛋糕。

地點	老師	蛋糕	費用
Ａ教室	山本裕子老師	起司蛋糕	1500圓
Ｂ教室	田中弓枝老師	巧克力蛋糕	2000圓

① 「起司蛋糕」做法比較簡單，所以請第一次做蛋糕的人來參加這場。
② 30日當天，請在 9 點半前來教室。
③ 費用請在30日當天上課前在教室付款。

想報名參加的人請在28日前致電佐藤。

佐藤靜子　　03-○○○○-▲▲▲▲

もんだい6　Reading

--- Answer **4**

34 里香さんはこのケーキ教室に行きたいです。まず何をしなければいけませんか。

1　先生に電話する。
2　お日さまビルに行く。
3　ケーキを作る。
4　佐藤さんに電話する。

34 里香想去這個蛋糕教室。請問她首先必須要做什麼呢？

1　打電話給老師。
2　去太陽大樓。
3　做蛋糕。
4　打電話給佐藤。

--- Answer **1**

35 里香さんのお母さんもこの教室に行きたいです。里香さんはケーキを作ったことがありませんが、お母さんは時々作ります。二人はどの教室に行ったほうがいいですか。

1　里香さんはA教室、お母さんはB教室
2　里香さんはB教室、お母さんはA教室
3　里香さんはA教室、お母さんもA教室
4　里香さんはB教室、お母さんもB教室

35 里香的媽媽也想去上這個課程。里香沒有做過蛋糕，不過媽媽有時會做。請問兩人應該去上哪堂課才好呢？

1　里香去 A 教室，媽媽去 B 教室
2　里香去 B 教室，媽媽去 A 教室
3　里香去 A 教室，媽媽去 A 教室
4　里香去 B 教室，媽媽去 B 教室

解題攻略

選項1傳單上沒有提到需要直接與老師通話的要求，所以這個選項不正確。

選項2按照傳單的要求，去教室是在報名和付款之後的事情，因此「去太陽大樓」不是首先應執行的行動。

選項3「做蛋糕」是參加課程後的活動，不是首先應完成的步驟。

選項4傳單上指出「参加希望の方は28日までに、佐藤にお電話ください」（如果您希望參加，請在28日之前打電話給佐藤小姐）。這是參加課程之前必須完成的第一步，因為這是報名參加課程的方式。正確答案是選項4。

這一題問的是「まず何をしなければいけませんか」（首先必須要做什麼呢），可見題目中應該會出現規定、要求等字句，像是「〜てください」（請…）句型。此外，如果「まず」（首先）出現的話就要注意事情的先後順序。

選項1根據提供的情報，里香沒有做過蛋糕，所以根據教室的建議「初めてケーキを作る人には「チーズケーキ」のほうが簡単なので、そちらに参加してください」（對於第一次做蛋糕的人來說，「起司蛋糕」會更簡單，因此請參加這個），她應該參加A教室。里香的母親偶爾會做蛋糕，可以參加更進階的B教室。因此此選項正確。

選項2這個選項與建議相反，里香應參加初學者的課程（A教室），而她的母親應參加更進階的課程（B教室）。因此，這個選項不正確。

選項3雖然里香適合A教室，但她的母親已有做蛋糕的經驗，應該選擇更進階的B教室，因此這個選項不是最佳選擇。

選項4這個選項同樣不符合建議，因為里香是初學者，應參加A教室，而不是B教室。

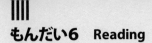

⏱ 小知識大補帖

▶ 想探索日本的甜點世界嗎？

來看看這些讓人垂涎的選項吧！除了我們已經提到的「チーズケーキ」（起司蛋糕）和「チョコレートケーキ」（巧克力蛋糕），還有更多讓你一試成主顧的甜點喔：

「プチケーキ」（小而精緻的一口蛋糕），小小一塊，吃起來卻能帶來大滿足！

「スフレ」（舒芙蕾），輕柔如雲朵，吃一口就上天堂！

「クレープ」（可麗餅），薄餅包裹你所有的夢想甜品，一口咬下去幸福滿溢。

「エッグタルト」（蛋塔），酥脆的外皮與柔軟的蛋香結合，是對味蕾的完美呵護。

「パンナコッタ」（義式奶酪），滑嫩的口感簡直讓人忘記所有煩惱。

「クレームブリュレ」（焦糖布丁），焦糖表層的酥脆與底下的奶油滑潤交織出的美妙對比。

每一款都值得你放慢腳步，細細品味。在日本的甜點之旅，怎能錯過這些極致的美味？

常用的表達關鍵句

*｛ ｝內也可自行帶入其他詞彙、短句喔！

01 表示允許

→ ｛あかりを消し｝てもかまいません／｛關燈｝也不要緊。

→ ｛カメラは用意し｝てもいいです／也可以｛自備相機｝。

→ ｛会場内にポスターを貼っ｝てもよいです／｛在會場內張貼海報｝也沒關係。

→ ｛すぐに返事をし｝なくてもかまいません／不｛馬上回覆｝也不要緊。

→ ｛僕の名前を出してくれ｝なくてもいいです／不｛標註我的名字｝也沒關係。

02 表示請求、命令

→ ｛婚活パーティーを開催するので会場を使わ｝せてください／｛我想舉辦相親活動,｝請讓我｛使用會場｝。

→ ｛足を｝お｛運び｝ください／敬請｛撥冗蒞臨｝。

→ ｛お問い合わせは美術館まで｝お願いします／請｛通過美術館諮詢｝。

→ ｛お間違えのない｝ようお願いいたします／敬請｛不要弄錯了｝。

→ ｛何卒お返事くださいます｝ようお願い申し上げます／懇請您｛撥冗回信｝。

→ ｛ぜひご出席くださいます｝ようよろしくお願いいたします／懇請您｛務必撥冗出席｝。

→ ｛このビデオを楽しんで｝いただければ幸いです／如果您能｛盡情享受這部影片｝就太榮幸了。

→ ｛ペットの同伴｝はご遠慮ください／請勿｛攜帶寵物｝。

→ ｛道の外側を走｝れ／請｛行駛於外側車道｝。

→ ｛契約とってくるまで今日は会社に戻る｝な／｛在客戶簽下契約之前,今天｝不準｛回公司｝！

→ ｛つまらない事で喧嘩｝をするな／不要｛為了那點雞毛蒜皮的小事爭吵｝。

→ ｛先輩に遠慮する｝な／不要｛跟前輩客氣｝。

→ ｛危ないから注意し｝なさい／請｛小心危險｝（命令說法）。

關鍵字記單字

＊{ }內也可自行帶入其他詞彙、短句喔！

▸關鍵字　　　▸▸▸單字

關鍵字	單字	
異_{こと}なる 不同	□ 特_{とく}に	特，特別
	□ 別_{べつ}に	分開；另
	□ 別_{べつ}に	並(不)，特別
	□ 又_{また}は	或，或者，或是
	□ 以外_{いがい}	以外
	□ 特別_{とくべつ}	特別，格外
	□ 別_{べつ}	別，另外
	□ 裏_{うら}	背後；內幕，幕後
	□ 変_かわる	不同，與眾不同；奇怪，出奇
与_{あた}える 給、給予	□ お陰_{かげ}	(神佛的)保佑，庇護；幫助，恩惠；托…的福，沾…的光，幸虧…，歸功於…；由於…緣故(他人的幫助及恩惠)
	□ 遣_やる	給
	□ 上_あげる	給，送給
	□ 差_さし上_あげる	呈送，敬獻
	□ 呉_くれる	給(我)，幫我
	□ 下_{くだ}さる	送，給(我)；為「与える」和「くれる」的尊敬語
止_とまる・泊_とまる 停下、停泊、過夜	□ 駐車場_{ちゅうしゃじょう}	停車場，停放汽車的場所和設施
	□ オフ【off】	沒有日程、工作安排
	□ オフ【off】	機械、電燈等關閉
	□ 番線_{ばんせん}	…號月臺
	□ 港_{みなと}	港，港口；碼頭
	□ 止_とめる	止；堵；憋；屏；關，關閉
	□ 止_とまる	停，停止，停住，停下，站住
	□ 泊_とまる	投宿，住宿，過夜

▶ 休閒活動

子どもとテレビゲームをやります。
跟小孩玩電動。

一人で音楽を聴きます。
獨自一人聽音樂。

日本のテレビドラマにはまっています。
沉迷於日本的電視連續劇。

カラオケに行きましょう。
去唱卡拉 OK 吧！

明日の飲み会、楽しみですね。
真期待明天的聚會啊！

映画を見たいです。
我想看電影。

毎朝、家の前の公園で運動をします。
我每天早上都會去家門前的公園運動。

犬と公園を散歩してきました。
我帶小狗去公園散步回來了。

山田さんは毎日、公園の掃除をしているそうです。
聽說山田先生每天都去打掃公園。

友だちには毎週会います。
我和朋友每星期都會見面。

週一度ぐらい、テニスをします。
我每星期大約會打一次網球。

買い物へは月に二度ほど行きます。
我每個月會去購物兩次左右。

▶ 學校生活

私は高校生です。
我是高中生。

今年6年生になります。
今年升上了6年級。

朝5時から6時までが私の勉強の時間です。
早上5點到6點是我的讀書時間。

学校までどのぐらいかかりますか。
請問大約要多久才會到達學校呢？

歩いて30分ぐらいです。
走路過去大約30分鐘。

私の教室は2階にあります。
我的教室在2樓。

教室の中には誰もいなかった。
教室裡誰也不在。

今日の勉強を始めましょう。
開始今天的課程吧！

あの先生の授業は面白くない。
那位老師的授課很無聊。

今日の授業は英語と歴史だ。
今天要上英文跟歷史課。

英語を少し話せますが、書くのは難しいです。
雖然會說一點英語，但還不太會寫。

遠藤くんは英語が上手です。
遠藤同學的英文很流利。

カタカナが苦手です。
我不太會辨識片假名。

ノートを貸してください。
借我筆記本一下。

昨日の授業を休んでしまいました。
我昨天請了假，沒有上課。

テニスサークルに入りたい。
我想加入網球社。

試験まであと3日しかない。
距離考試只剩下3天。

今日一日を図書館で過ごしました。
今天一整天都待在圖書館。

今年に入って成績が上がってきた。
從今年開始成績變好了。

いくら練習しても上手にならない。
不管練習多少次都沒有進步。

3年間日本語を勉強しました。
我學過3年日文。

毎日新しい漢字を五つ覚える。
每天背5個漢字生詞。

宿題に3時間もかかった。
花了長達3小時寫作業。

ご卒業おめでとうございます。
恭喜畢業！

▶ 音樂

いいレコードを持っていませんか。
請問有沒有好聽的音樂唱片？

喫茶店にピアノの音楽が流れていました。
咖啡廳裡播放著鋼琴演奏音樂。

その歌を聞くとなぜか泣きたくなります。
我每次聽到那首歌，總會不自覺地想流眼淚。

明るい音楽を聴くと気持ちも明るくなる。
聽輕快的音樂時心情也會跟著快樂起來。

音楽にあわせて踊った。
配合音樂節奏跳了舞。

音楽への熱い思いを日記に書いた。
在日記裡寫下了對音樂的熱愛。

ピアノコンサートに行きましょう。
我們去聽鋼琴演奏會吧。

古いジャズのレコードを集めています。
我正在蒐集爵士樂的老唱片。

日曜日には教会でオルガンを弾きます。
我星期天會去教會彈奏風琴。

口を大きく開けて歌いましょう。
我們一起大聲唱歌吧！

1　助詞

◆ **疑問詞＋でも**　　無論、不論、不拘

- いつでも寝られます。
  任何時候都能倒頭就睡。

◆ **疑問詞＋ても、でも**　　(1)不管(誰、什麼、哪兒)…；(2)無論…

- いくら高くても、必要な物は買います。
  即使價格高昂，必需品還是得買。

◆ **疑問詞＋～か**　　…呢

- 何時に行くか、忘れてしまいました。
  忘記該在幾點出發了。

◆ **かい**　　…嗎

- 昨日は楽しかったかい。
  昨天玩得開心吧？

◆ **の**　　…嗎、…呢

- 薬を飲んだのに、まだ熱が下がらないの。
  藥都吃了，高燒還沒退嗎？

◆ **だい**　　…呢、…呀

- なぜこれがわからないんだい。
  為啥連這點小事也不懂？

◆ **までに**　　在…之前、到…時候為止；到…為止

- 水曜日までにこの宿題ができますか。
  在星期三之前這份作業做得完嗎？

◆ **ばかり**　　(1)剛…；(2)總是…、老是…；(3)淨…、光…

- 「ライン読んだ。」「ごめん、今起きたばかりなんだ。」
  「你看過LINE了嗎？」「抱歉，我剛起床。」

◆ **でも**　　(1)…之類的；(2)就連…也

- 暇ですね。テレビでも見ますか。
  好無聊喔，來看個電視吧。

2　指示詞、句子的名詞化及縮約形

◆ **こんな**　這樣的、這麼的、如此的；這樣地
- こんな家が欲しいです。
  想要一間像這樣的房子。

◆ **こう**　(1) 這樣、這麼；(2) 這樣
- こうすれば簡単です。
  只要這樣做就很輕鬆了。

◆ **そんな**　那樣的；那樣地
- そんな服を着ないでください。
  請不要穿那樣的服裝。

◆ **あんな**　那樣的；那樣地
- あんな便利な冷蔵庫が欲しい。
  真想擁有那樣方便好用的冰箱！

◆ **そう**　(1) 那樣；(2) 那樣
- 母にはそう話をします。
  我要告訴媽媽那件事。

◆ **ああ**　(1) 那樣；(2) 那樣
- ああしろこうしろとうるさい。
  一下叫我那樣，一下叫我這樣煩死人了！

◆ **さ**　…度、…之大
- この山の高さは、どのくらいだろう。
  不曉得這座山的高度是多少呢？

◆ **の(は／が／を)**　的是…
- この写真の、帽子をかぶっているのは私の妻です。
  這張照片中，戴著帽子的是我太太。

◆ **こと**
- 私は歌を歌うことが好きです。
  我喜歡唱歌。

◆ が
- 雪が降っています。
  - <small>ゆき ふ</small>

  雪正在下。

◆ ちゃ、ちゃう
- あ、もう8時。仕事に行かなくちゃ。
  - <small>じ しごと い</small>

  啊，已經8點了！得趕快出門上班了。

3 許可、禁止、義務及命令

◆ てもいい   (1) 可以…嗎；(2)…也行、可以…
- このパソコンを使ってもいいですか。
  - <small>つか</small>

  請問可以借用一下這部電腦嗎？

◆ なくてもいい   不…也行、用不著…也可以
- 作文は、明日出さなくてもいいですか。
  - <small>さくぶん あした だ</small>

  請問明天不交作文可以嗎？

◆ てもかまわない   即使…也沒關係、…也行
- ホテルの場所は駅から遠くても、安ければかまわない。
  - <small>ばしょ えき とお やす</small>

  即使旅館位置離車站很遠，只要便宜就無所謂。

◆ なくてもかまわない   不…也行、用不著…也沒關係
- 話したくなければ、話さなくてもかまいません。
  - <small>はな はな</small>

  如果不願意講出來，不告訴我也沒關係。

◆ てはいけない   (1) 不可以…、請勿…；(2) 不准…、不許…、不要…
- このアパートでは、ペットを飼ってはいけません。
  - <small>か</small>

  這棟公寓不准居住者飼養寵物。

◆ な   不准…、不要…
- ここで煙草を吸うな。
  - <small>たばこ す</small>

  不准在這裡抽菸！

◆ なければならない   必須…、應該…
- 学生は学校のルールを守らなければならない。
  - <small>がくせい がっこう まも</small>

  學生必須遵守校規。

◆ なくてはいけない　必須…、不…不可

- 宿題は必ずしなくてはいけません。

  一定要寫功課才可以。

◆ なくてはならない　必須…、不得不…

- 会議の資料をもう一度書き直さなくてはならない。

  不得不重寫一遍會議資料。

◆ 命令形　給我…、不要…

- 汚いな。早く掃除しろ。

  髒死了，快點打掃！

◆ なさい　要…、請…

- 漢字の正しい読み方を書きなさい。

  請寫下漢字的正確發音。

4　意志及希望

◆ てみる　試著（做）…

- 問題の答えを考えてみましょう。

  讓我們一起來想一想這道題目的答案。

◆ （よ）うとおもう　我打算…；我要…；我不打算…

- 夏休みは、アメリカへ行こうと思います。

  我打算暑假去美國。

◆ （よ）う　(1)（一起）…吧；(2)…吧

- もう遅いから、帰ろうよ。

  已經很晚了，該回去了啦。

◆ （よ）うとする　(1)オ…；(2)想…、打算…；不想…、不打算…

- シャワーを浴びようとしたら、電話が鳴った。

  正準備沖澡的時候，電話響了。

◆ にする　(1)我要…、我叫…；(2)決定…

- この赤いシャツにします。

  我要這件紅襯衫。

◆ **ことにする** (1) 習慣…；(2) 決定…；已決定…

- 毎日、日記を書くことにしています。
  現在天天都寫日記。

◆ **つもりだ** 打算…、準備…；不打算…；並非有意要…

- 煙草が高くなったから、もう吸わないつもりです。
  香菸價格變貴了，所以打算戒菸了。

◆ **てほしい** 希望…、想…；希望不要…

- 給料を上げてほしい。
  真希望能調高薪資。

◆ **がる（がらない）** 覺得…（不覺得…）、想要…（不想要…）

- 恥ずかしがらなくていいですよ。大きな声で話してください。
  沒關係，不需要害羞，請提高音量講話。

◆ **たがる（たがらない）** 想…（不想…）

- 子供がいつも私のパソコンに触りたがる。
  小孩總是喜歡摸我的電腦。

◆ **といい** 要是…該多好；要是…就好了

- 電車、もう少し空いているといいんだけど。
  要是搭電車的人沒那麼多該有多好。

5　判斷及推測

◆ **はずだ** (1) 怪不得…；(2)（按理說）應該…

- 寒いはずだ。雪が降っている。
  難怪這麼冷，原來外面正在下雪。

◆ **はずが（は）ない** 不可能…、不會…、沒有…的道理

- 漢字を1日100個も、覚えられるはずがない。
  怎麼可能一天背下100個漢字呢！

◆ **そう** 好像…、似乎…

- このケーキ、おいしそう。
  這塊蛋糕看起來好好吃。

◆ ようだ　(1) 好像…；(2) 像…一樣的、如…似的

- 野田さんは、お酒が好きなようだった。

聽說野田先生以前很喜歡喝酒。

◆ らしい　(1) 像…樣子、有…風度；(2) 好像…、似乎…；(3) 說是…、好像…

- 日本らしいお土産を買って帰ります。

我會買些具有日本傳統風格的伴手禮帶回去。

◆ がする　感到…、覺得…、有…味道

- 今は晴れているけど、明日は雨が降るような気がする。

今天雖然是晴天，但我覺得明天好像會下雨。

◆ かどうか　是否…、…與否

- あの店の料理はおいしいかどうか分かりません。

我不知道那家餐廳的菜到底好不好吃。

◆ だろう　…吧

- 彼は来ないだろう。

他大概不會來吧。

◆ (だろう)とおもう　(我)想…、(我)認為…

- 今日中に仕事が終わらないだろうと思っている。

我認為今天之內恐怕無法完成工作。

◆ とおもう　覺得…、認為…、我想…、我記得…

- 日本語の勉強は面白いと思う。

我覺得學習日文很有趣。

◆ かもしれない　也許…、可能…

- パソコンの調子が悪いです。故障かもしれません。

電腦操作起來不太順，或許故障了。

6　可能、難易、程度、引用及對象

◆ ことがある　(1) 有過…（但沒有過…）；(2) 有時…、偶爾…

- 友達とカラオケに行くことがある。

我和朋友去過卡拉OK。

◆ ことができる　(1) 可能、可以；(2) 能…、會…

- 午後3時まで体育館を使うことができます。

在下午3點之前可以使用體育館。

◆ (ら)れる　(1) 會…、能…；(2) 可能、可以

- 森さんは100 mを11秒で走れる。

森同學跑100公尺只要11秒。

◆ やすい　容易…、好…

- ここは便利で住みやすい。

這地方生活便利，住起來很舒適。

◆ にくい　不容易…、難…

- この薬は、苦くて飲みにくいです。

這種藥很苦，不容易嚥下去。

◆ すぎる　太…、過於…

- 昨日は食べすぎてしまった。胃が痛い。

昨天吃太多了，胃好痛。

◆ 数量詞＋も　(1) 好…；(2) 多達…

- 昨日はコーヒーを何杯も飲んだ。

昨天喝了好幾杯咖啡。

◆ そうだ　聽說…、據說…

- 平野さんの話によると、あの二人は来月結婚するそうです。

我聽平野先生說，那兩人下個月要結婚了。

◆ という　(1) 叫做…；(2) 說…（是）…

- 森田さんという男の人をご存知ですか。

您認識一位姓森田的先生嗎？

◆ ということだ　聽說…、據說…

- 王さんはN2に合格したということだ。

聽說王同學通過了N2級測驗。

◆ について (は)、につき、についても、についての　(1) 由於…；(2) 有關…、就…、關於…

- 閉店につき、店の商品はすべて90 %引きです。

由於即將結束營業，店內商品一律以一折出售。

7　變化、比較、經驗及附帶狀況

◆ **ようになる** （變得）…了
- 日本に来て、漢字が少し読めるようになりました。
  來到日本以後，漸漸能看懂漢字了。

◆ **ていく** (1)…下去；(2)…起來；(3)…去
- 子供は大きくなると、親から離れていく。
  孩子長大之後，就會離開父母的身邊。

◆ **てくる** (1)…起來；(2)…來；(3)…（然後再）來…；(4)…起來、…過來
- 風が吹いてきた。
  颳起風了。

◆ **ことになる** (1)也就是說…；(2)規定…；(3)（被）決定…
- 最近雨の日が多いので、つゆに入ったことになりますか。
  最近常常下雨，已經進入梅雨季了嗎？

◆ **ほど〜ない** 不像…那麼…、沒那麼…
- 外は雨だけど、傘をさすほど降っていない。
  外面雖然下著雨，但沒大到得撐傘才行。

◆ **と〜と、どちら** 在…與…中，哪個…
- ビールとワインと、どちらがよろしいですか。
  啤酒和紅酒，哪一種比較好呢？

◆ **たことがある** (1)曾經…過；(2)曾經…
- 富士山に登ったことがある。
  我爬過富士山。

◆ **ず（に）** 不…地、沒…地
- 今週はお金を使わずに生活ができた。
  這一週成功完成了零支出的生活。

8　行為的開始與結束等

◆ **ておく** (1)…著；(2)先…、暫且…
- 友達が来るからケーキを買っておこう。
  朋友要來作客，先去買個蛋糕吧。

◆ **はじめる**　　開始…
　- 先月から猫を飼い始めました。
　　從上個月開始養貓了。

◆ **だす**　　…起來、開始…
　- 会議中に社長が急に怒り出した。
　　開會時總經理突然震怒了。

◆ **ところだ**　　剛要…、正要…
　- 今から山に登るところだ。
　　現在正準備爬山。

◆ **ているところだ**　　正在…、…的時候
　- 警察は昨日の事故の原因を調べているところです。
　　警察正在調查昨天那起事故的原因。

◆ **たところだ**　　剛…
　- さっき、仕事が終わったところです。
　　工作就在剛才結束了。

◆ **てしまう**　　(1)…完；(2)…了
　- おいしかったので、全部食べてしまった。
　　因為太好吃了，結果統統吃光了。

◆ **おわる**　　結束、完了、…完
　- 今日やっとレポートを書き終わりました。
　　今天總算寫完了報告。

◆ **つづける**　　(1)連續…、繼續…；(2)持續…
　- 明日は一日中雨が降り続けるでしょう。
　　明日應是全天有雨。

◆ **まま**　　…著
　- クーラーをつけたままで寝てしまった。
　　冷氣開著沒關就這樣睡著了。

◆ し　(1)既…又…、不僅…而且…；(2)因為…
- 田中先生は面白いし、みんなに親切だ。
田中老師不但幽默風趣，對大家也很和氣。

◆ ため(に)　(1)以…為目的，做…、為了…；(2)因為…所以…
- 試合に勝つために、一生懸命練習をしています。
為了贏得比賽，正在拚命練習。

◆ ように　(1)請…、希望…；(2)以便…、為了…
- 明日晴れますように。
祈禱明天是個大晴天。

◆ ようにする　(1)使其…；(2)爭取做到…；(3)設法使…
- 子供は電車では立つようにしましょう。
小孩在電車上就讓他站著吧。

◆ のに　用於…、為了…
- N4 に合格するのに、どれぐらい時間がいりますか。
若要通過N4測驗，需要花多久時間準備呢？

◆ とか～とか　(1)又…又…；(2)…啦…啦、或…、及…
- 息子夫婦は、子供を産むとか産まないとか言って、もう7年ぐらいになる。
我兒子跟媳婦一會兒又說要生小孩啦，一會兒又說不生小孩啦，這樣都過了7年了。

◆ と　(1)一…竟…；(2)一…就
- 箱を開けると、人形が入っていた。
打開盒子一看，裡面裝的是玩具娃娃。

◆ ば　(1)假如…的話；(2)假如…、如果…就…；(3)如果…的話
- 時間があれば、明日映画に行きましょう。
有時間的話，我們明天去看電影吧。

◆ **たら**　(1)…之後、…的時候；(2) 要是…、如果要是…了、…了的話

- 病気がなおったら、学校へ行ってもいいよ。

等到病好了以後，可以去上學無妨喔。

◆ **たら～た**　原來…、發現…、才知道…

- 食べすぎたら太った。

暴飲暴食的結果是變胖了。

◆ **なら**　如果…就…；…的話；要是…的話

- 「この時計は 3,000 円ですよ。」「えっ、そんなに安いなら、買います。」

「這支手錶只要3000圓喔。」「嗄？既然那麼便宜，我要買一支！」

◆ **たところ**　結果…、果然…

- 病院に行ったところ、病気が見つかった。

去到醫院後，被診斷出罹病了。

◆ **ても、でも**　即使…也

- そんな事は小学生でも知っている。

那種事情連小學生都知道！

◆ **けれど（も）、けど**　雖然、可是、但…

- たくさん寝たけれども、まだ眠い。

儘管已經睡了很久，還是覺得睏。

◆ **のに**　(1)明明…、卻…、但是…；(2)雖然…、可是…

- 兄は静かなのに、弟はにぎやかだ。

哥哥沉默寡言，然而弟弟喋喋不休。

11 授受表現

◆ **あげる**　給予…、給…

- 「チョコレートあげる。」「え、本当に、嬉しい。」

「巧克力送你！」「啊，真的嗎？太開心了！」

◆ **てあげる**　（為他人）做…

- おじいさんに道を教えてあげました。

為老爺爺指路了。

◆ **さしあげる**　給予…、給…
- 彼のご両親に何を差し上げたらいいですか。
  該送什麼禮物給男友的父母才好呢？

◆ **てさしあげる**　（為他人）做…
- お客様にお茶をいれて差し上げてください。
  請為貴賓奉上茶。

◆ **やる**　給予…、給…
- 赤ちゃんにミルクをやる。
  餵小寶寶喝奶。

◆ **てやる**　(1)一定…；(2)給…（做…）
- 今年は大学に合格してやる。
  今年一定要考上大學！

◆ **もらう**　接受…、取得…、從…那兒得到…
- 妹は友達にお菓子をもらった。
  妹妹的朋友給了她糖果。

◆ **てもらう**　（我）請（某人為我做）…
- 留学生に英語を教えてもらいます。
  請留學生教我英文。

◆ **いただく**　承蒙…、拜領…
- 先生の奥様にすてきなセーターをいただきました。
  師母送了我一件上等的毛衣。

◆ **ていただく**　承蒙…
- 私は田中さんに京都へつれて行っていただきました。
  田中先生帶我一起去了京都。

◆ **くださる**　給…、贈…
- 先生がご自分の書かれた本をくださいました。
  老師將親自撰寫的大作送給了我。

◆ **てくださる** （為我）做…

- 先生、私の作文を見てくださいませんか。

老師，可以請您批改我的作文嗎？

◆ **くれる** 給…

- マリーさんがくれた国のお土産は、コーヒーでした。

瑪麗小姐送我的故鄉伴手禮是咖啡。

◆ **てくれる** （為我）做…

- 小林さんが日本料理を作ってくれました。

小林先生為我們做了日本料理。

12 被動、使役、使役被動及敬語

◆ **（ら）れる** (1) 在…；(2) 被…；(3) 被…

- 卒業式は 3 月に行われます。

畢業典禮將於 3 月舉行。

◆ **（さ）せる** (1) 把…給…；(2) 讓…、隨…、請允許…；(3) 讓…、叫…、令…

- 父はいつも家族みんなを笑わせる。

爸爸總是逗得全家人哈哈大笑。

◆ **（さ）せられる** 被迫…、不得已…

- 会長に、ビールを飲ませられた。

被會長強迫喝了啤酒。

◆ **名詞＋でございます** 是…

- はい、山田でございます。

您好，敝姓山田。

◆ **（ら）れる**

- 今年はもう花見に行かれましたか。

您今年已經去賞過櫻花了嗎？

◆ **お／ご＋名詞** 您…、貴…

- こちらにお名前をお書きください。

請在這裡留下您的大名。

◆ お／ご～になる
- 社長は、もうお帰りになったそうです。

  總經理似乎已經回去了。

◆ お／ご～する　　我為您（們）做…
- 私が荷物をお持ちします。

  行李請交給我代為搬運。

◆ お／ご～いたす　　我為您（們）做…
- これからもよろしくお願いいたします。

  往後也請多多指教。

◆ お／ご～ください　　請…
- どうぞ、こちらにおかけください。

  這邊請，您請坐。

◆ (さ) せてください　　請允許…、請讓…做…
- ここに荷物を置かせてください。

  請讓我把包裹放在這裡。

全新解題精修關鍵句版

絕對合格
日檢必背閱讀

N4 新制對應！

[25K＋QR碼線上音檔]

【自學制霸 12】

- 發行人　　林德勝

- 著者　　　吉松由美、田中陽子、林勝田

- 出版發行　山田社文化事業有限公司
　　　　　　臺北市大安區安和路一段112巷17號7樓
　　　　　　電話　02-2755-7622
　　　　　　傳真　02-2700-1887

- 郵政劃撥　19867160號　大原文化事業有限公司

- 總經銷　　聯合發行股份有限公司
　　　　　　新北市新店區寶橋路235巷6弄6號2樓
　　　　　　電話　02-2917-8022
　　　　　　傳真　02-2915-6275

- 印刷　　　上鎰數位科技印刷有限公司

- 法律顧問　林長振法律事務所　林長振律師

- 書＋QR碼　定價　新台幣 339 元

- 初版　　　2024年10月

改版聲明：本書原書名為 2022 年 1 月出版的《精修關鍵句版 新制對應絕對合格！日檢必背閱讀 N4(25K)》，本次改版更新為 QR Code 版。

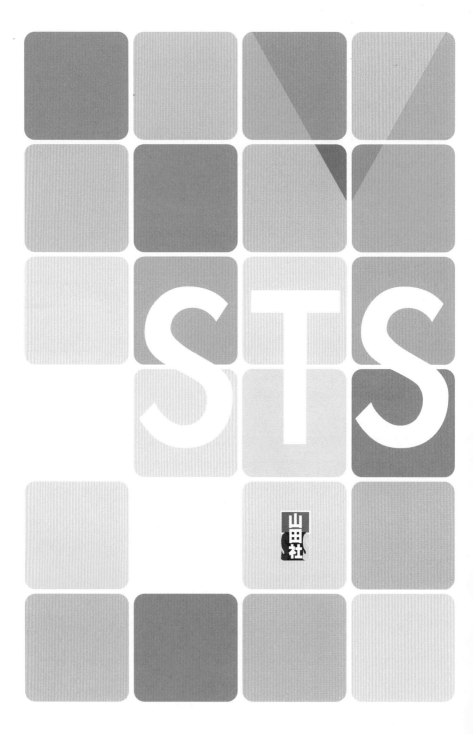